角川ルビー文庫

年の差15歳。

藤崎 都

17848

年の差15《じゅうご》歳。

体の上下をくるりと入れ替えられ、口づけられて舌を捻じ込まれる。

さっきまでは緊張していて口の中はカラカラだったのに、いまは音が立つほどに唾液が溢れてきてしまう。何度も角度を変えて貪られているうちに、舌が甘く痺れてくる。

捏ね回される舌は蕩けそうに気持ちよく、知らずに夢中になっていた。

「ぷは……っ、はあ、はあ……」

年の差15歳。

藤崎　都

17848

角川ルビー文庫

目次

年の差15《じゅうご》歳。

口絵・本文イラスト／陸裕千景子

年の差15歳。

1

幼い頃《ころ》は、上ばかり向いていた。

大好きな人がすごく大きくて、並んで立つと顔なんて全然見えなかったから。

空を見上げるように上を向いても、太陽の逆光のせいで顔がよく見えないのが不満だったのをよく覚えている。

話しかけるといつも、その人は膝《ひざ》を折って視線を合わせてくれた。それがすごく嬉《うれ》しくて、「あのね」と袖《そで》を引っ張ってばかりいた気がする。

大好きなその人と、並んで歩いている兄が羨《うらや》ましくて仕方なかった。いつか自分も同じように並びたいと、ずっと夢見ていた。

――そして、今日はその夢に近づく第一歩の日だ。ようやくスタートラインに立つことができた喜びに、気持ちが浮《う》き立ってしまう。

「誕生日おめでとう」

「ありがと」

二十歳《はたち》になる零時《れいじ》を迎《むか》え、カチン、とフルートグラスの端《はし》をぶつけ合ってから榎本裕也《えのもとひろや》が口にしたのは、生まれて初めて飲むスパークリングワインだった。

クリスマスに飲む子供用のシャンパンもどきの炭酸水とは違《ちが》う、甘い花のような香《かお》りが鼻に抜《ぬ》ける。

「けっこう飲めるかも」

一口目は恐《おそ》る恐る飲んだけれど、予想とは違う口当たりのよさに、思わず二口目からはぐいぐいと飲んでしまった。そうやって、あっという間にグラスを空にしてしまう。

このスパークリングワインは、兄の真聖《まさと》が成人の祝いにと贈《おく》ってくれたものだ。背伸《せの》びして飲んでみたけれど、二十歳になったばかりの裕也の舌でも美味《おい》しいと思える味だった。

甘いものが好きで、ハンバーグやグラタンが好物の裕也は周りからお子様味覚と云《い》われているけれど、大人になれば変わってくるはずだという主張が裏づけされたようで嬉しかった。

そんなふうに浮かれる裕也に、一緒《いっしょ》に誕生日を祝ってくれている徳久竜司《とくながりゅうじ》は小さく笑う。

「真聖がお前でも飲めるやつを選んでくれたんだろ。これ、かなり甘いやつだぞ」

「そうなんだ」

ちょっと大人になれたと思ったのに、真聖に気を遣《つか》われていただけだったとわかり、がっかりする。調子に乗った発言をしたことが恥《は》ずかしかった。

いま二人で過ごしているリビングは、竜司が一人暮らしをしているマンションの一室だ。裕也の自室とは違い、落ち着いたシックな色合いのインテリアでまとめられている。

竜司がここに引っ越《こ》してからは、しょっちゅう遊びにこさせてもらっている。竜司が多忙《たぼう》な時期は留守を預かったり、掃除《そうじ》をしたりするために合い鍵《かぎ》も預かっている。

「甘口だろうが辛口《からくち》だろうが、アルコール度数は変わらないんだからな。まともに飲むのは今日が初めてなんだろう？　調子に乗って、あんまり飲みすぎるなよ」

「大丈夫《だいじょうぶ》だよ、ちょっとくらい」

ブランデーの利《き》いたお菓子《かし》などは普通《ふつう》に食べられるし、家族も皆《みな》アルコールに強いのだから、きっと自分も酒に弱くはないはずだ。最初のうちは慣れないかもしれないが、そのうち兄のように嗜《たしな》めるようになるに違いない。

（身長は追いつかなかったけど……）

兄弟だというのに、体格にかなりの差がある。両親共に平均的な体格をしているのに、兄だけは、頭一つ出たモデル体型だ。

対して裕也は、まさに平均身長の中肉中背。低くもないけれど、高くもない。子供っぽさの抜けない女顔のせいで、実際よりも小柄《こがら》に見えてしまうほどだ。

だから、並んで歩くと裕也が見上げる羽目になる。それは、竜司が相手でも同じことだ。幼い頃からの夢は叶《かな》わなかったというわけだ。

「全然酔《よ》ってないし、まだまだイケると思う。——ってことで、おかわりしていい？」

「本当に大丈夫か？」

「大丈夫だってば。それに俺がもらったプレゼントなんだから、今日くらい飲みすぎちゃってもいいと思うんだけど」

二十歳になる前にも飲酒する機会がなかったわけではない。大学に入学してすぐに開かれた新歓《しんかん》コンパでも、先輩《せんぱい》からビールを勧《すす》められたりした。

しかし、裕也はそういった誘《さそ》いは全《すべ》て断ってきた。竜司や真聖に絶対に成人するまでは飲むなと厳命されていたこともあるけれど、それ以上に『決まり』を守れないような人間にはなりたくなかったからだ。

友人には生真面目《きまじめ》すぎるとよく云われるけれど、ただ単に器用に立ち回れる要領のよさがないだけだ。取り柄《え》や特技がない以上、こつこつとがんばることしかできない。

「仕方ないな。二日酔いになっても知らないからな。あと、気持ち悪くなったら、すぐに云うんだぞ」

裕也がしつこくねだると、竜司は渋々《しぶしぶ》ワインを注いでくれた。細長いグラスの底から小さな気泡《きほう》が次々に浮かんでいく様は綺麗《きれい》で見ていて楽しい。

「竜司さんは心配性《しんぱいしょう》すぎるよ。俺ももう二十歳なんだよ？　今日からはもう子供扱《あつか》いしなくていいから」

裕也の言葉に、竜司は小さく噴《ふ》き出した。

「おい、二十歳になって何分だよ。しかし、裕也ももう二十歳か。ついこの間まで寝小便《ねしょうべん》してたのにな」

「そっ、それは保育園までの話だろ！　十年以上前のことをこの間って云わないでよ！」

「俺ももういい歳だから、時間が経《た》つのが早くてな」

竜司の実家は裕也の家と隣同士《となりどうし》だ。親同士が仲がいいこともあり、家族ぐるみのつき合いで、兄弟のように育った。

真聖と竜司が同級生だったということもあり、放課後は十五歳も歳の離《はな》れた裕也の面倒《めんどう》をよく見てくれていた。それぞれの両親が共働きだったこともあり、幼い頃は家族でいるよりも三人で過ごす時間のほうが多かった気がする。

二人とも傍《はた》から見たら過保護だと云われるくらい可愛《かわい》がってくれたし、裕也もまるで親鳥を追いかける雛《ひな》のように二人のあとをついて回っていた。

「もう、親戚《しんせき》のおじさんみたいな云い方しないでよ」

「似たようなもんだろ。制服着たら、いまでも中学生でも通るんじゃないか？」

「ちょっ、せめて高校生って云ってよ！」

竜司の言葉に、思わず唇《くちびる》を尖《とが》らせる。気にしていることを敢《あ》えて指摘《してき》しないで欲しい。

（これでも、ずいぶん男らしくなったと思うんだけど……）

いまでも実年齢《じつねんれい》より幼く見られることがある童顔だが、幼少時は性別を間違《まちが》えられることも多かった。一時期、母親が好んで可愛らしい服を着せていたせいもあり、当時の写真を見ると自分でも女の子に見えるくらいだ。

そのせいで、何度も見知らぬ人間に連れて行かれそうになったり、変質者に追いかけ回されたりした。周囲が過保護になったのは、そういった理由もある。

無闇《むやみ》に怪《あや》しい人間を引きつけないようにと服装を改め、兄の命令で大学に入るまでずっとダサい黒縁《くろぶち》の伊達《だて》眼鏡《めがね》をかけていた。

「それにしても、せっかくの二十歳の誕生日をこんなおっさんと祝っててていいのか？　気になってる女の子くらいいるだろう」

「そんなのいないよ！　それに、竜司さんはおっさんじゃないってば！」

こうして改めて見ても、カッコいいと思う。竜司自身は裕也に向かって「もうおっさんだ」とよく云っているけれど謙遜《けんそん》しすぎだ。

裕也とは十五歳差の三十五歳だが、昔の竜司もいまの竜司も充分《じゅうぶん》カッコいい。むしろ、歳を重ねていくごとに大人の色気が増していっているように見える。

頭もいいし、学生の頃は剣道《けんどう》部で活躍《かつやく》していて何度も大会で入賞していた。いまも大企業《だいきぎょう》に勤め、バリバリ働いている。一人の男としても、心から尊敬できる人だ。

「ま、好きな子がいたら、誕生日もクリスマスもバレンタインも家族で過ごしたりしないか」

「…………」

竜司の揶揄《やゆ》に、裕也は押し黙《だま》った。

友達には笑われるけれど、裕也の家では毎年家族で誕生日パーティをしている。今年ももちろんその予定だ。それなのに、こうして竜司の家で二人、零時《れいじ》を迎《むか》えたのは裕也が我が儘《まま》を云ったからだ。

どうしても、竜司と一緒に二十歳《はたち》になる瞬間《しゅんかん》を迎えたかった。一秒でも早く、竜司の前で大人になりたくて仕方なかったから。

好きな相手は、ずっといる。子供の頃《ころ》から、ただ一人だけを想《おも》い続けてきた。告白したこともある。けれど、そのときは軽くあしらわれただけだった。

「大人になってからよく考えてみろ」と諭《さと》すばかりで、裕也の告白をまともに取り合ってくれなかった。云われたとおり何度もよく考えてみたけれど、好きな気持ちは変わらないどころか大きくなっていくばかりだった。

自分に突《つ》っ走《ぱし》りやすい性格があることは自覚している。けれど、『彼』への想いは思い込みや錯覚《さっかく》などではない。

『彼』というのは、竜司のことだ。もう一人の兄のように思っていた竜司を、そういうふうに好きなのだと気づいたのは中学生の頃だ。

色気づいてきた友人たちが気になる女子の話をし出した頃、自分が好きなのは竜司だと気がついた。

思い立ったが吉日《きちじつ》とばかりに竜司に告白したのだが、あっさりと『子供は相手にならない』とあしらわれてしまった。裕也なりに真剣《しんけん》だったから、竜司に笑い飛ばされたときはショックだったけれど、反省もした。

（あの頃は、本当にガキだったし）

十五歳も年下の、弟のような相手に好きだと云《い》われても、いい大人なら本気にしないのは当然だ。二十九歳にとって、十四歳など子供でしかない。だから、裕也は自分が『大人』になるまで待つことにした。

二十歳と三十五歳なら、どちらも大人だ。一度目の告白のときのように、笑い飛ばされずにすむはずだ。何年経っても歳の差は変わらないけれど、精神年齢《ねんれい》ならやがて追いつくことができると信じている。

これまで、本当に長かった。誕生日が来るたびに、あと何日と計算したものだ。

ただ、二十歳になったからと云って、裕也の告白が上手《うま》くいくとは限らないということは重々承知している。やっぱり弟にしか見えないと云われる可能性だってある。むしろ、受け入れられる可能性のほうが低いだろう。

それでも、気持ちを伝えようと思ったのは、『子供だから』という理由だけで拒絶《きょぜつ》されたことが悔《くや》しかったからだ。振《ふ》られるなら、きちんと対等な関係でいたかった。

もちろん、この六年間何もしてこなかったわけじゃない。少しでも釣《つ》り合いが取れるよう、竜司や真聖と同じ高校へ進学し、同じ大学へ合格した。

大学生になってからは服装にも気をつけるようになったし、少しでも自立しようとアルバイトも始めた。実家で暮らしている以上、独り立ちには程遠《ほどとお》いけれど、まずは第一歩だ。

(でも、全然追いつけてないよな……)

裕也は内心でため息をつきつつ、隣《となり》でグラスを傾《かたむ》けている竜司をちらりと窺《うかが》い見る。

子供の頃には、二十歳はすごく大人に見えたけれど、実際になったいま、あまり大人の実感は感じられなかった。

それなりに成長はできているのかもしれないが、理想としていた姿にはなれていない。

「こら、何杯《ばい》飲む気だ」

自分でスパークリングワインのおかわりを注ごうとしたら、竜司に制止された。諌めるような眼差《まなざ》しを向けられたけれど、「もう一杯《いっぱい》だけ」と云ってグラスを満たした。

注意されてもぐいぐいと飲んでしまうのは、緊張《きんちょう》しているせいもあるかもしれない。無意識に、アルコールで気持ちを紛《まぎ》らわそうとしているのだろう。

「ったく……。まあ、一回痛い目を見ておくのも勉強かもな。その代わり、俺がいないところでは飲むなよ」

「何で?」

「何でもだ。約束できないなら、もうおしまいだ」

「約束しないなんて云ってないよ。竜司さんはもう飲まないの?」

「俺はそう強くはないからな」

「そうなの？　前に兄ちゃんと何本も空けてなかったっけ？」

いつのことだったか正確には覚えていないが、クリスマスか正月に裕也の家に竜司の家族を招いたときだったと思う。人からもらったいい酒があるとかで、酒盛りが始まったのだ。

「あれはほとんど真聖と親父《おやじ》たちが飲んだんだ。俺はほとんど烏龍茶《ウーロンちゃ》飲んでたよ」

「そうだったんだ。じゃあ、たくさん飲むと記憶《きおく》がなくなっちゃうとか？」

「そこまで飲んだことがないからわからん。酒の味は嫌《きら》いじゃないが、酔《よ》って感覚が鈍《にぶ》くなったりするのがどうもな」

「ふぅん」

悪ふざけが好きな真聖と違《ちが》い、竜司は常に自分を律しているタイプだ。完璧《かんぺき》主義な面もあるため、自らの理性が揺《ゆ》らぐことが許せないのかもしれない。

「ところで、兄ちゃんからの差し入れって何だったの？　俺には絶対に開けるなって云ってたんだよね」

ふと目に留《と》まったものが気になって、何気なく訊《たず》ねてみた。

真聖に急遽《きゅうきょ》呼び出されたのは、今朝のことだ。大学へ行く前に待ち合わせた駅で、スパークリングワインと固く封《ふう》がされた紙袋《かみぶくろ》を渡《わた》された。

紙袋のほうは、絶対に開けるなと念を押された上で、竜司に渡すよう云いつかった。裕也にはその中身はわからなかったが、その重さと形からボトルらしきものが入っているようだった。

「あ？　ああ、いや、大したものじゃない。……ただの消耗品《しょうもう》だ」

竜司はそう云いながら、さりげなく足下《あしもと》にあった紙袋を足で脇《わき》に押しやった。

「そうなの？」

少し動揺《どうよう》したように見えたけれど、きっと、また真聖が出張先でヘンな土産《みやげ》でも買ってきたのだろう。誰《だれ》に対しても礼儀正《れいぎただ》しく物腰《ものごし》の柔《やわ》らかい真聖だが、時折思い出したかのように裕也や竜司に対してはイタズラめいたことをするのだ。

もちろん、不愉快《ゆかい》に思うようなことはしない。子供じゃないんだからと苦言を呈《てい》したら、裕也たちが驚《おどろ》く様子を見るのが好きなのだと云っていた。

「真聖は元気にしてるのか？　最近忙《いそが》しいんだろ」

「しばらくは残業続きだったみたいだけど、少し落ち着いたみたい。明日《あした》も帰ってくるって云ってたし」

「そうか。よろしく伝えておいてくれ」

「全然、連絡《れんらく》取ってないの？」

差し入れなんてしているから、マメに連絡取り合っているのかと思っていた。

「たまにメールは来るが、わざわざ電話するほどの用事もないしな。たまに時間が合えば飲んだりするけど、そういや、半年くらい顔合わせてないな」

「え、そんなに⁉」

それが本当なら、よほど自分のほうが頻繁《ひんぱん》に竜司に会っていることになる。

「大人は忙しいんだよ。それより、ケーキはどうするんだ？　食うのは明日にするか？」

「あっ、食べる！　ロウソク消さないと」

「やっぱり、まだまだガキだな」

肩《かた》を震《ふる》わせて笑う竜司に、裕也は唇《くちびる》を尖《とが》らせる。

「誰がそのケーキ買ってきたんだよ。竜司さんだって甘いもの好きな癖《くせ》に」

「まあ、それなりに好きだけど、さすがに誕生日にロウソク吹《ふ》き消したいとは思わないな」

「悪かったね、ガキで」

「悪いとは云ってないだろ。拗《す》ねてないでケーキ取ってこい」

「はーい」

ソファから立ち上がり、勝手知ったるキッチンに走っていく。竜司が買ってきてくれたケーキは、冷蔵庫の一番上に入っていた。

斜《なな》めにならないようにそっと取り出し、大事にリビングへと持っていく。戻《もど》ると、竜司がナイフや皿を用意してくれていた。

箱の上部に貼《は》りつけられていたロウソクの袋《ふくろ》を剝《は》がし、ケーキを中から取り出す。ガキだと云われたけれど、ロウソクを吹き消すのは一種のセレモニーだ。

「二十本も刺《さ》せないからデカいの二本にしてもらったぞ」

「本数にまで拘《こだわ》らないよ。竜司さん、ライター持ってる?」

「どこかにあったと思うが、どこやったかな。煙草《たばこ》吸わないと、こういうとき不便だな」

小物を入れた引き出しを漁《あさ》っているが、なかなか見つからないようだ。

先にロウソクを立てておこうと思ってロウソクの入っている袋を破ると、紙製のマッチが一《いっ》緒《しょ》に入っていた。蓋《ふた》の部分には店のロゴが印刷されている。

「竜司さん、マッチついてた」

「よかったな。サービスのいいケーキ屋で」

ケーキは裕也の好きな苺《いちご》のショートケーキだった。ワンホールといっても、二人で食べきれそうな小さなものだ。

裕也が刺したピンク色のロウソクに、竜司が火をつけてくれた。だが、室内が明るいせいで炎《ほのお》が目立たない。

「明るいと、あんまり雰囲気《ふんいき》出ないね」

裕也の言葉に苦笑《くしょう》し、リモコンで灯《あか》りを落としてくれた。夕暮れのような薄明《うすあ》かりの中、オレンジ色の炎がゆらゆらと揺れる。

「これでいいか? ほら、さっさと願いごととして吹き消せ」

「――――うん」

薄暗《うすぐら》くなった室内で頷《うなず》き、大きく空気を吸う。そして、勢いよく息を吹きかけロウソクの炎

を消した。

その瞬間《しゅんかん》に心の中で願ったのは、もちろん自らの恋路《こいじ》についてだ。

自分と同じように好きになってくれなどと贅沢《ぜいたく》を云《い》う気はない。せめて、『弟』ではなく一人の男として返事をしてもらえたら、それでいい。

（もちろん、恋人《こいびと》になれたら嬉《うれ》しいけど）

あまりに夢物語すぎて、先のことなど考えられない。まずは竜司にそういう相手として認識《にんしき》してもらうことが目標だ。

「二十歳《はたち》、おめでとう」

「……うん、ありがとう」

もう一度乾杯《かんぱい》をし、グラスの中身を一気に飲み干した。喉《のど》を焼くアルコールの味にくらりとしたけれど、勇気を出すにはこのくらいの勢いが必要だった。

薄暗いままのほうが、顔をはっきり見られずにすむ。

心臓がうるさいくらいに鳴ってるし、緊張に喉も渇《かわ》いてきた。唾《つば》を飲み込み、こっそりと深呼吸をしてから、意を決して切り出した。

「——竜司さん」

「ん？」

「覚えてる？　大人になったら考えてくれるって云ったよね？」

そう云われたのは、裕也が中学生のときだ。

思い立ったが吉日《きちじつ》とばかりに竜司に告白したのだが、あっさりと「まだ子供だろ？」とあしらわれてしまった。そのとき、竜司には「大人になったらな」と云われた。だから、こうして二十歳になるのをずっと待っていたのだ。

「何の話だ？」

声色《こわいろ》が変わったことで、裕也は確信した。竜司も、あのときのことを覚えている、と。

今度は絶対にごまかされないぞと気合いを入れた。

「昔、俺が告白したらそう云ったじゃん。だから、俺二十歳になるまで待ったんだよ」

だから、あれから何年も自問した。この気持ちは勘違《かんちが》いなのだと、自分に云い聞かせようとしたこともある。けれど、結局元のところに戻ってしまう。そして、結論づけたのだ。竜司を好きなことは勘違いや若さ故《ゆえ》の勢いなどではなく、本心だと。

兄のように慕《した》っている気持ちを取り違えているだけだと指摘《してき》されたけれど、そうではない。ちゃんと恋愛《れんあい》感情として竜司が好きなのだ。

「俺、やっぱり竜司さんが好きなんだ。竜司さんに云われたように、気の迷いかもしれないっていっぱい考えたけど、竜司さんみたいに好きになれる人は誰もいなかった」

裕也の精一杯《せいいっぱい》の告白に、竜司は困り果てた顔をしていた。やはり、迷惑《めいわく》だったのかもしれない。それでも、もうあとには引けなかった。

「裕也はまだ大学生だろう。いままで、誰ともつき合ったことがないから、まだ恋《こい》に恋してるんだ。手近にいる俺に恋愛してると錯覚《さっかく》してるだけなんだよ」

「違《ちが》うよ！　俺なんて、竜司さんとは釣《つ》り合わないってことくらいわかってるよ。でも、本当に好きなんだ」

振《ふ》られるなら納得《なっとく》できる。けれど、好きだという気持ちを信じてもらえないのは辛《つら》い。必死に訴《うった》えると、竜司は真顔で教え諭《さと》すように訊《き》いてきた。

「じゃあ、恋人になるってどういうことだと思ってるんだ？　俺とつき合ってどうするつもりだ？」

「え、どうって云われても……」

逆に質問をぶつけられ、面食《めんく》らった。自分の気持ちを伝えることばかり考えていたから、あまりその先のことは考えていなかった。けれど、竜司は禅問答《ぜんもんどう》のように質問を繰《く》り返す。

「お前はどうしたいって具体的に考えたことはないのか？」

「俺はただ、竜司さんの傍《そば》にいられればいいなって思って……」

裕也の最大の望みは、竜司と一秒でも長く一緒にいることだ。

「傍にいたいだけなら、いまのままでもいいだろう？」

「それは――」

竜司の正論に、すぐに反論することはできなかった。

竜司は就職をきっかけに実家を出て、一人暮らしを始めた。ちょくちょく帰ってきているし、一人で住んでいるこのマンションに遊びに来させてもらってもいる。

もしかしたら、竜司の云うように告白などせずに、いままでの関係を続けたほうが幸せだったかもしれない。

けれど、いつまでも竜司への想《おも》いを秘《ひ》めたままでいるのは苦しかった。日に日に大きくなる気持ちを一人で抱《かか》え続けられそうになかったのだ。

「答えが出ないってことは、まだ考えが足りないいんだろう。勢いで行動すると後悔《こうかい》する」

「後悔なんかしないよ」

「本当に？　現実を知ったら、好きだなんて軽々しく云えなくなるに決まってる」

「そんなことない！」

落ち着いた口調で裕也を諭そうとする竜司に腹が立った。また中学生のときのように、子供の戯言《たわごと》と云って流す気なのかと思ったら悔《くや》しくて堪《たま》らなかった。

もやもやとした気持ちを上手《うま》く云い表すことができずに黙《だま》り込んでいると、竜司がストレートな質問をぶつけてきた。

「――だったら、俺とキスしたり、セックスしたりできるのか？」

「……っ」

曖昧《あいまい》に濁《にご》すことなくはっきりと訊かれ、思わず言葉に詰《つ》まってしまった。一応、知識として男同士のやり方は知っているけれど、恥《は》ずかしくてリアルに考えたことはなかった。

(竜司さんとセックス……?)

何の体験もない以上、具体的な想像はできないがその単語だけで恥ずかしい。ぶわっと顔が熱くなり、自分の頰《ほお》が赤くなっていくのが鏡を見ないでもわかった。

「ほらな。そこまでの覚悟《かくご》はないんだろ? お前はまだお手々繫《つな》いでるだけで充分《じゅうぶん》なんだよ。恋愛するなら同世代の子としなさい」

「なっ……何でそんなこと竜司さんにわかるんだよ……!?」

「わかるよ。お前のことは生まれたときから知ってるんだからな」

端《はな》から信じようとしない竜司にカチンときて、竜司を押し倒《たお》した。それだけで死にそうに恥ずかしかったけれど、あとには引けなかった。

「覚悟を見せればいいんだろ!?」

ぎゅっと目を瞑《つぶ》り、竜司の唇《くちびる》に自分のそれを押しつけた。勢い余って、歯がガチッとぶつかってしまう。息を止め、唇を合わせたままじっと耐《た》える。

ドラマで見るようなキスのやり方はわからない。心の中で五秒数えて、体を起こした。

「ほら、キスできただろ。これで俺が本気だって信じてもらえるよね?」

まだ心臓がバクバクいっている。勢い任せの裕也の行動にしばらく無言だった竜司だったが、やがて静かに口を開いた。

「キスっていうのは、こういうことを云うんだ」

「⁉」

頭を引き寄せられ、唇に噛《か》みつかれた。驚《おどろ》いて体を引こうとしたけれど、いつの間にか腰《こし》を抱《だ》かれていて身動きが取れなくなっていた。

竜司は裕也の唇を食《は》み、舌を捻じ込んでくる。ぬるりとした感触《かんしょく》を口の中で感じた瞬間、頭の芯《しん》にぞくぞくとした痺《しび》れが走った。

(竜司さんにキスされてる)

そう認識した瞬間、発火したかのように全身が熱くなった。

「ん、んん……っ」

口腔《こうこう》を熱を持った生き物が這《は》い回っているようだ。上顎《うわあご》を舌先でなぞられ、舌同士を搦《から》められると下腹部が熱くなってくる。

生まれて初めて味わう大人のキスに、裕也はひとたまりもなかった。口腔を嬲《なぶ》られる感触に目を回しているうちに、体には生理的な変化が生じていた。

(ど、どうしよう、勃《た》っちゃった……)

下着の中で、自身が痛いくらいに張り詰めている。酒を飲んでいるせいか体温も高く、いつもとは違う感覚があった。体の変化で我に返り、慌《あわ》てて竜司の顔を押し返す。

「ま、待って」

「何だ？　気持ち悪いか？」

「気持ち悪くはないけど——ひゃあっ」

手首を摑《つか》まれ、手の平をべろりと舐《な》められた。竜司は裕也の指の間に舌を這わせていく。親指から順に舐めていく様は目が釘《くぎ》づけになるほどやらしかった。

「りゅ、竜司さん、ン…っ、ちょっと待ってって云《い》って……うわっ、ぅン、んんん」

体の上下をくるりと入れ替《か》えられ、口づけられて舌を捻じ込まれる。

さっきまでは緊張《きんちょう》していて口の中はカラカラだったのに、いまは音が立つほどに唾液《だえき》が溢《あふ》れてきてしまう。何度も角度を変えて貪《むさぼ》られているうちに、舌が甘く痺れてくる。

捏《こ》ね回される舌は蕩《とろ》けそうに気持ちよく、知らずに夢中になっていた。

「ぷは……っ、はあ、はあ……」

永遠とも思えるほど長い口づけから解放され、肩《かた》を上下させて空気を求めて喘《あえ》ぐ。裕也にとっては終わりが見えないほど長く感じられたけれど、実際は大したことはなかったのかもしれない。竜司は裕也を見下ろしながら、冷静な口調で訊いてきた。

「恋人《こいびと》になるっていうのは、こういうことだ。これでも俺とつき合いたいって思うか？」

「お、思うに決まってるだろ！」

これはきっと試《ため》されているのだ。ここで怖《お》じ気づいたら、二度と相手にはしてくれないだろう。腰が引けてしまう自分を奮い立たせ、虚勢《きょせい》を張る。

「本当に？」

「どうして信じてくれないんだよ!? 俺がどんな気持ちで告白したと思って……っ」

「裕也」

「……やっぱり、俺じゃ子供すぎる？ 弟みたいにしか思えない？」

「弟だとは思ってないよ」

「だったら、何でそんな顔してるわけ？ やっぱり俺じゃダメだって思ってるなら、はっきり云って欲しい」

気を遣《つか》って濁されるほうがもっと辛い。遠回しに慰《なぐさ》められるくらいなら、ストレートに真実を告げられたほうがすっきりする。

「ダメだなんて思ってない。むしろ、俺なんかにはもったいないくらいだ」

「いいよ、そんなふうに気を遣わなくても。俺なんか、竜司さんには相応《ふさわ》しくないことくらい自覚してるから」

優《やさ》しい言葉が余計に辛い。相手にならないと云われているのと同じことだ。

「自分のことを『俺なんか』って云うな。俺が知る限り、裕也以上にいい子はいないよ」

「俺はいい子になりたいわけじゃない！」

反射的に叫《さけ》んでしまった。云ってから後悔したけれど、一度口にしてしまった言葉は取り戻《もど》せない。事が思うように運ばないからと云って癇癪《かんしゃく》を起こすなんて、大人になりきれていない証拠《しょうこ》だ。自分の不甲斐《ふがい》なさに肩を落とす。

「――裕也は本当に俺でいいのか？」

「竜司さん以外に好きになれる人なんていないよ…っ」

「だったら、いまから抱くぞ。いいな？」

「抱くって……え？　え？」

ぼんやりする頭に、竜司の問いかけははっきりと届かなかった。無言を肯定《こうてい》の意味に捉《とら》えたのか、竜司は獣《けもの》のように首筋に嚙みついてきた。

「あっ……!?」

貪るように顎《あご》や喉《のど》に吸いついてくる竜司に戸惑《とまど》い、裕也は混乱した。自分の体をまさぐる手の動きに余裕《よゆう》など感じられず、忙《せわ》しなくシャツのボタンを外していく。

「や、りゅ、竜司さん…？　あ……っ」

耳朶《みみたぶ》を甘嚙《あまが》みされ、びくんっと体が跳《は》ねる。耳の中に舌を差し込まれてくすぐられる。すぐ近くで聞こえる水音は妙《みょう》にいやらしく、鼓膜《こまく》を犯《おか》されているような気分になった。

「ひゃ、あ、んん……っ」

肌《はだ》の上を直《じか》に這い回る手は熱く、触《ふ》れていった場所に熱を残していく。乱れる呼吸を整えようと必死に肩を上下させて息をするけれど、どんどん酷《ひど》くなっていくばかりだった。

裕也の心臓は戸惑いや羞恥《しゅうち》で、壊《こわ》れてしまいそうなほど早鐘《はやがね》を打っている。全身を巡《めぐ》る血液も、いまは沸騰《ふっとう》しているかのように熱い。

「や……っ⁉」

指先で胸の尖《とが》りを摘《つま》まれた瞬間《しゅんかん》、自分でも思ってもみない声が出た。

竜司は二つ同時に捏ねながら、肩や鎖骨《さこつ》に歯を立ててくる。そうやって少しずつ移動し、あちこちに痕跡《こんせき》を残していく。

「あっ、ン、やっ……あ！」

いちいち過敏《かびん》に反応する裕也に、竜司は淡々《たんたん》と感想を述べる。

「ずいぶん敏感《びんかん》なんだな」

「だって……っあ、んん……ッ」

体が勝手に感じてしまうのだからしょうがない。それに、初めて味わう感覚ばかりで、どう対処していいかわからないのだ。

声を我慢《がまん》したくても、勝手に出てしまう。しかも、自分のものとは思えない喘ぎ声が出てしまうことに困惑《こんわく》していた。

「あ……っ、はっ、ぅん……っ」

自分の反応にも戸惑っていたけれど、それ以上に竜司の変貌《へんぼう》に驚いていた。

（こんな顔、初めて見た）

元々、表情豊かなタイプではないけれど、今日はどこか怖《こわ》い。この行為《こうい》が冗談《じょうだん》ではないのだと思い知らされる。『抱く』と云ったのは、本気だったのだろう。

「ひゃ……っ⁉」

乳首《ちくび》を舐められた瞬間、それまで以上にぞくぞくと背筋がおののいた。予想外の甘い痺れに目を瞠《みは》っていると、竜司はさらに舌を這わせてくる。

竜司を引き剝《は》がそうとするけれど、体に力が入らない。手足を拘束《こうそく》されているわけでもないのに抵抗《ていこう》しきれないのは、裕也の体が感じてしまっているからだ。

「ダメ、そんなとこ……っ、ぁあ……っ」

「やめて欲しいか？」

「え……？」

「嫌《いや》ならやめる」

「い、嫌じゃない……っ」

反射的に首を横に振《ふ》った。そんな裕也の反応に、竜司は一瞬《いっしゅん》苦い顔をしたけれど、すぐに止めていた行為を再開する。

今度は硬《かた》く尖ったそこをキツく吸い上げられ、歯を立てられる。くすぐったさと恥《は》ずかしさとは違《ちが》う、云いようのない感覚が込み上げてきた。

「そこ、や、んんっ、そんな、したら……ああっ」

「感じる？」

「ぁん！　あ、ああっ」

竜司は胸の尖りを交互《こうご》に嬲《なぶ》りながら、腰《こし》を撫《な》で回し、服の上から尻《しり》を揉《も》みしだく。やがて、足を膝《ひざ》で割られ、自己主張している昂ぶりをぐりぐりと押すようにして刺激《しげき》された。

「ひぁ、あ、や、んん……っ」

擦《こす》られるたびに、自身の先端《せんたん》がじわりと滲《にじ》むのがわかる。下着が濡《ぬ》れていく感触《かんしょく》が恥ずかしい。竜司の足を押さえようと膝で締《し》めつけるけれど、余計に体が密着してしまうことになった。

「勃《た》ってる」

「……っ」

「腰も動いてるな」

「!!」

事実を言葉にして指摘《してき》されることが、これほど恥ずかしいことだったのかと初めて知った。

無意識に腰を擦り寄せるような動きをしてしまっていたのを指摘され、泣きたくなるほど恥ずかしかった。

「無理に我慢しなくたっていいだろう？」

「やぁっ、あ、ん……っ」

竜司は裕也の太腿《ふともも》に腰を押しつけてくる。腿《もも》に当たる硬い感触に、竜司の状況《じょうきょう》を知る。自分のものとは比べものにならない大きさに、思わず息を呑《の》んだ。

（すご……おっきい……）

ただの生理現象だということはわかっている。けれど、自分を相手に欲情《よくじょう》してくれているという事実に、驚《おどろ》きつつも嬉《うれ》しかった。

「あっ……!?」

手早く緩《ゆる》められたウエストから、大きな手が忍《しの》び込んでくる。硬く張り詰《つ》めて疼《うず》く昂ぶりを下着ごしに握《にぎ》り込まれた。形をなぞる指の感触がリアルに伝わってくる。

「ガチガチになってる」

「だって――や……っ」

ズボンも下着も剝ぎ取られ、下肢《かし》を剝《む》き出しにされた。自らの無防備な姿を竜司に見下ろされているのは、顔から火が出るほど恥ずかしい。

「やっぱり若いな」

張り詰めて反り返っていた自身を、直に指先で弾《はじ》かれる。反射的に膝を閉じたけれど、すぐに強い力で押し開かれてしまった。

咄嗟《とっさ》にシャツの裾《すそ》を引っ張り、雫《しずく》を溢《あふ》れさせて震《ふる》えている自身を覆《おお》い隠《かく》す。

「嫌ならやめるか？」

「だ、だめ、やめ…ないで……っ」

上擦った声で否定する。ここまで来て、怖《お》じ気づいたと思われたくない。

だからと云《い》って、恥ずかしくないわけではなかった。神経が焼き切れてしまいそうに、体中が熱くなっている。あまりの羞恥に顔を背《そむ》けると、竜司は膝頭《ひざがしら》に口づけてきた。

「ん……ッ」

竜司は大きく左右に割った裕也の足の内側を辿《たど》りながら、痕跡を残していく。あっという間に、内腿《うちもも》の白い肌はたくさんの赤い印がつけられた。

やがて足のつけ根に辿り着き、そこを強く吸い上げてくる。

「あ、ん……っ」

「手をどけて」

「待っ……あ、あ……っ」

両手を剝がされ、自分の足を持つよう指示される。自ら痴態《ちたい》を取らされ、全身が火を噴《ふ》きそうなほど熱くなった。

「な、何するの……？」

「もうわかってるだろ？」

竜司はそう云い放ち、目の前にある昂ぶりの根本の膨《ふく》らみにしゃぶりついた。

「あぁあ……ッ」

強すぎる刺激に、悲鳴じみた声を上げてしまう。竜司は跳ねる腰を押さえ込み、硬《かた》くなった屹立《きつりつ》を指で扱《しご》いてきた。同時に舌を搦《から》め、音を立てて嬲ってくる。自分自身が好きな人の口で高められているという事実に気が遠くなりそうだった。

「あ、あ、あ……！」

「気持ちいい？」

「あ、ぁあっ、よすぎて、ヘンになっちゃう……っ」

それが素直《すなお》な答えだった。こんなことを続けられたら、どうなってしまうのだろうか。未知の感覚にただ戸惑《とまど》うばかりだった。

「もっとよくしてやるよ」

「もっとって……や、だめ、そんなの――」

自身が竜司の唇《くちびる》に呑み込まれていく。生温かく濡れた感触に包まれ、頭の中が真っ白になった。それだけでも刺激が強かったのに、強く吸い上げられて腰が蕩《とろ》けていく。

「ひぁ、あ、溶《と》けちゃ……っ、ああっ」

竜司の口の中で、自身が溶けていきそうだった。想像以上に感じてしまっている自分も恥ずかしいし、竜司の大胆《だいたん》な行為にも戸惑うことしかできない。

(頭がおかしくなる)

生まれて初めて味わう快感は、言葉では説明できないほどだった。休みなく与《あた》え続けられているせいで、神経が焼き切れてしまいそうになる。

「だめ、離《はな》して、出ちゃう、や、あ――」

限界はすぐそこだった。このまま終わりを迎《むか》えるわけにはいかない。最後に残った理性で離してくれと訴《うった》えたけれど、竜司は裕也の昂ぶりを口に含《ふく》んだまま、一際《ひときわ》強く吸い上げた。

「ああ……っ」

衝動《しょうどう》を堪《こら》えることなどできず、そのまま欲望《よくぼう》を爆《は》ぜさせてしまった。大きく下肢を震わせ、白濁《はくだく》を溢れさせる。

人の手でイカされることすら初めてなのに、好きな人の口の中で達してしまったことがショックだった。そんな気持ちとは裏腹に、裕也の体は確かに快楽を感じていた。

「だから、云ったのに……」

顔を上げて濡れた唇を指で拭《ぬぐ》っている竜司に泣き言を漏《も》らす。裕也はそれに対する返答に目を丸くした。

「このくらい、普通《ふつう》だよ」

「そうなの……?」

呆然《ぼうぜん》としている裕也の目の前で、何かの袋《ふくろ》を逆さまにする。目に涙《なみだ》の膜《まく》が張っているせいではっきりとは見えないが、出てきたのはボトルのようなものだった。

「何、それ……」

裕也には、いまそれを手に取る理由も、目的もわからなかった。

「こういうときに使うものだ」

「え…？」

竜司はボトルの封《ふう》を開け、とろりとした液体を手の平に取る。微《かす》かに桃《もも》の香《かお》りがする。家にあるボディソープと同じ匂《にお》いだ。

香りに気を取られている間に、足の間にべったりと塗《ぬ》りつけられた。

「ひゃ……っ⁉」

冷たさに小さな悲鳴を上げる。しかし、すぐに冷たさなどわからなくなった。絶頂を迎えた体は怠く、重い。思うように動かせないまま、また翻弄《ほんろう》されていく。

「や、ン、んん……っ」

股間《こかん》をめちゃくちゃに揉まれたかと思うと、今度はローションと体液で濡れた指に後ろの窄《すぼ》まりを探《さぐ》られた。一瞬《いっしゅん》、ぎくりとしたのは、竜司の目的を悟《さと》ったからだ。

（もしかして、本当にするの？）

男同士でする場合、そこを代用することは知識として知っている。だが、実際に自分がそういう状況に向き合うとなると、不安が込み上げてくる。本当にこんなところに受け入れることができるのだろうか。もし、できたとしても相当の痛みを伴《ともな》うに違《ちが》いない。

痛がる素振《そぶ》りは見せまいと歯を食《く》い縛《しば》ろうとしたそのとき、前置きもなく竜司の指が入ってきた。

「ン、んー……っ」

濡《ぬ》れていたためか、すんなりと奥まで入っていく。予想した感覚とはまったく違う。奇妙《きみょう》な違和感《いわかん》はあったけれど、思ったような痛みはなかった。

竜司はそのまま指を動かし、強張《こわば》ったその場所を掻《か》き回し始めた。

「ぅ、ん…っ、んん……っ」

云いようのない感覚に息を詰める。敢《あ》えて言葉にするなら、強烈《きょうれつ》な違和感といったところだろうか。体の中で、指が蠢《うごめ》く感触《かんしょく》に堪え忍んでいると、竜司が問いかけてきた。

「キツいか？」

「ヘンな…感じがする、だけ……っ」

「やめるならいまのうちだぞ」

「いい、だ…いじょう、ぶ……」

「本当にいいんだな？」

「平気、だってば……っ」

ここまで来たら、もう意地だった。歯を食い縛り、違和感に耐《た》える。本音を云えば少しも大《だい》丈夫《じょうぶ》ではなかったけれど、試《ため》されているのだと思うと、虚勢《きょせい》を張るしかなかった。

竜司は何本かに増やした指で、裕也の中を押し拡《ひろ》げながら抜《ぬ》き差しを繰《く》り返す。何度もローションを足され、指が動くたびに濡れた卑猥《ひわい》な音が立った。

「ん……っ」

気が遠くなるほど掻き回されて蕩けた体内から、指が引き抜かれる。締《し》めつけるものがなくなった粘膜《ねんまく》は、喪失感《そうしつかん》にひくひくと震《ふる》えた。

「なに……？」

今度は何が起こるのだろうと、不安に顔を上げた裕也の視界に入ってきたのは、竜司が自らベルトを外しているところだった。そして、ウエストを緩《ゆる》めたズボンと下着を押し下げ、昂ぶった自身を引き摺《ず》り出す。

「……っ、竜司さん⁉」

何をする気かと問う間もなく、同じくらい張り詰《つ》めた裕也の屹立に自分のそれを擦《こす》りつけてきた。

「一緒《いっしょ》にしたほうが早いだろ」

「うそ、あ、ぁ…あ……っ」

竜司はローションにまみれた手で、二つの屹立を一緒に扱いてくる。口でされたことも刺激《しげき》的だったけれど、直《じか》に触《ふ》れる欲望の感触に頭の神経が焼き切れてしまいそうだった。

刺激的すぎる光景から目を逸《そ》らせない。好きな人の手で高められているだけでなく、その人の欲望を目《ま》の当たりにしていることが信じられなかった。

（竜司さんのすごい……）

一緒に風呂《ふろ》に入ったこともあるため、竜司のそれを見たことはあったけれど、臨戦態勢になった状態を目にするのは初めてだった。

ロウソクをケーキに立てたときに灯《あか》りを落としておいたことが、いまとなってはせめてもの救いだった。明るいところでは、余計に目の遣《や》り場に困っただろう。

「ぅあ…っ、あ、ぁ、あ……っ」

不意に指先で先端《せんたん》の窪《くぼ》みをぐりぐりと抉《えぐ》られ、喉《のど》の奥から　際高い声が押し出された。巧《たく》みな指遣《ゆびづか》いと滑《すべ》る感触、そして火傷《やけど》しそうな熱さのせいで、またすぐに限界が近づいてくる。

「いく、出ちゃ、んん……っ」

そんな裕也の状態を察したのか、竜司は絡《から》めた指の動きを大胆にする。痛いくらいに扱かれ、もう我慢《がまん》できなかった。

「あっあ、あ、あ——……っ」

上擦った嬌声《きょうせい》を零《こぼ》しながら、二度目の絶頂を迎えた。腹部に生温かい体液が散る。

竜司は裕也が白濁を溢《あふ》れさせている間も手を休めることなく、二つの欲望を高め続ける。

やがて衝動は治まったけれど、弄られ続けているせいで張り詰めた状態のままだ。達したばかりだというのに解放感には程遠《ほどとお》い。

「ぁん、んん、ん……っ」

「……ッ」

竜司が息を詰める気配がした。宙を彷徨《さまよ》わせていた視線の焦点《しょうてん》を合わせたその瞬間《しゅんかん》、竜司も終わりを迎えた。

「……あ……」

裕也の腹部は、二人ぶんの体液で汚《よご》れてしまっている。竜司はその体液を指で掬《すく》い、それを自身に塗りつけた。

「なに……？」

さっきまで指で掻き回されていた場所に、張り詰めたままの屹立《きつりつ》が押しつけられ、息を呑《の》む。

「入れるぞ」

「え……？」

頭が働かず、竜司の云《い》った言葉の意味が理解できない。何を、と訊《き》く前に硬《かた》い切っ先が裕也の中に押し入ってきた。それまでとは段違《だんちが》いの大きさのものが、裕也の体を犯《おか》していく。

「あ、ぁ、あ――――」

体液が潤滑剤《じゅんかつざい》の役目を果たし、引っかかることなく奥へと導いている。

「息を詰めるな」

「だっ…て……っ」

ゆっくりと、体が押し開かれていく。内臓がせり上がってきているかのような、酷《ひど》い圧迫感《あっぱくかん》だった。竜司は根本まで自身を収めると、大きく息を吐《は》いた。

（本当に入っちゃった……）

好きな人がいま、自分の中にいる。嘘《うそ》みたいだったけれど、粘膜から伝わる体温や力強い鼓《こ》動《どう》は現実だ。

苦しいことに変わりないけれど、想像したような痛みはない。ただ、あまりに生々しい行為《こうい》のせいで、逆に実感が湧《わ》いてこなかった。

「……あ……」

不意に目尻《めじり》に唇《くちびる》を押しつけられる。どうしてと瞬《またた》いた目から、ぽろりと涙《なみだ》が零《こぼ》れ落ち、自分が泣いていることを知った。

「痛いのか？」

「ちが……っ」

「じゃあ、よすぎるせい？」

「わかんない」

「そうか」

涙を拭《ぬぐ》ったあとの口づけは、微かにしょっぱい味がした。優《やさ》しく唇を啄《ついば》まれ、ぼうっとしてしまう。上手《うま》くはできなかったけれど、必死にキスに応《こた》えた。

「んぅ、んん……っ」

竜司は舌を搦《から》め捕《と》りながら、ゆっくりと体を揺《ゆ》する。屹立を咥《くわ》え込んだそこは、緩い振動《しんどう》に収縮した。

竜司の動きはだんだんと大きくなる。繋《つな》がり合った部分から快感がせり上がってくるだけでなく、律動に合わせて甘ったるい声が零れ落ちた。

「あ…っ、ぁん、ああ……っ」

止《と》め処《ど》なく喘《あえ》いでいると、竜司は裕也の足を摑《つか》んでさらに深く折り曲げてきた。その体勢で、奥深くを穿《うが》ってくる。

キツく突《つ》き上げられるたびに、ぐじゅ、ぐじゅ、と濡れた音が立つ。涙を拭ってもらったばかりなのに、裕也は快感に泣いた。

「ああっ、あっ…あ、あ……!?」

「ここがいいんだな?」

「わかんな……っん、んんー…っ」

体の内側を硬いもので掻き回される感覚に、裕也はただ啜《すす》り泣《な》く。内壁《ないへき》を擦られる刺激に止め処なく喘ぎながら、快楽に流されている自分をどうしようもなかった。

達しそうになるたびに自身を締めつけられ、衝動《しょうどう》を封《ふう》じ込まれる。その繰り返しに、正気ではいられなかった。

乱れて喘ぎながら、許して欲しいと懇願《こんがん》する裕也を、竜司は容赦《ようしゃ》なく責め上げ、理性を奪《うば》い去った。

「や、あ、もういく、いかせて、おねが……っ」

何度目の訴《うった》えだっただろう。ようやく、願いどおりに終わりへ向けて追い立てられる。荒々《あらあら》しい律動に息も心臓も止まってしまいそうだった。

「あ、あっあ、ぁあ……っ」

まるで高いところから落下していくかのような感覚。

内壁を抉りながら勢いよく突き立てられた瞬間、意識が飛んだ。数秒後、現実に引き戻《もど》されたときには欲望《よくぼう》を爆ぜさせていた。

「く……っ」

息を詰める様子から、竜司が終わりを迎《むか》えたことを知る。先に果てた裕也を追うようにして、竜司が自分の中で大きく震えた。

「んん…っ」

すぐにずるりと屹立を引き抜《ぬ》かれたかと思うと、体を裏返された。何が起こっているのかわからずぼんやりとしていた裕也は、再び押し当てられた感触《かんしょく》に目を瞠《みは》った。

「え、何、うそ――」

後ろから屹立を捻じ込まれ、目の前が真っ白になった。

一度蕩《とろ》けた体は容易に侵入者《しんにゅう》を受け入れてしまう。果てたばかりのはずなのに、竜司のそれは硬《かた》く張り詰《つ》めたままだった。

「だめ、無理、や……あ、あ……っ」

「――裕也」

名前を呼ばれただけで、ぞくぞくと背筋が甘く震《ふる》える。竜司は覆《おお》い被《かぶ》さるような体勢で、背中にキスをしてきた。

あちこちに吸いつかれ、裕也の体は無意識に侵入者を締《し》めつけてしまう。まるで、欲しがっているような反応がいたたまれない。

「あ、んん……っ、もう、やめ――ぁあっ…！」

初めて拒絶《きょぜつ》の言葉を口にしたけれど、裕也の泣き言が聞き入れられることはなく、キツくなったそこを、竜司は容赦なく穿ち始めた。硬い切っ先が粘膜《ねんまく》を抉る。

「竜司さ……あっ、あ……！」

繰《く》り返される深い抜き差し。体の内側で起こる摩擦《まさつ》は、絶え間なく快感を生み出していく。

高く腰《こし》を持ち上げられ、膝《ひざ》が浮《う》いた。そんな不安定な体勢のまま荒々しく揺さぶられ、裕也の体はソファの上で頼《たよ》りなく揺れた。

「だめ、や、あ、ぁあ……っ」

しつこく吸われたせいで痛痒《いたがゆ》くなっていた胸の先が、ソファのカバーに擦《す》れるのが気持ちい い。そんなふうに思ってしまう自分が恥《は》ずかしくて死にそうだった。

自分の体なのに、自分のものではなくなってしまっている。穿たれるたびに雫《しずく》を溢《あふ》れさせ、啜り泣きながらも感じて喘いでしまう。

「あ…っ、あ！　ああ……ッ」

快楽の終わりは果てしなく、いつしか、意識は霧散《むさん》していった。

2

誰《だれ》かが頭を撫《な》でている。

髪《かみ》を梳《す》く指の感触が心地《ここち》よく、覚醒《かくせい》しかけた意識がまた薄《うす》れていきそうになる。やがて、離《はな》れていった大きな手の平の温かさが名残惜《なごりお》しくて、ふっと目が覚めた。

(もう朝……?)

柔《やわ》らかな明るさにゆっくりと目蓋《まぶた》を瞬かせる。

微睡《まどろ》みの気持ちよさが手放しがたくて、もう一度眠《ねむ》りにつこうかと思いかけたそのとき、控《ひか》えめに名前を呼ばれた。

「裕也?」

「……竜司さん?」

呼びかけに視線を彷徨《さまよ》わせると、憂鬱《ゆううつ》な面持《おもも》ちの竜司の姿が目に留《と》まった。どうして、こんなに暗い顔をしているのだろう。

何か困ったことでもあったのだろうか? そんな裕也の心配をよそに、竜司は気遣《きづか》わしげに裕也の顔を覗《のぞ》き込んで訊《き》いてきた。

「大丈夫《だいじょうぶ》か?」

「何のこと……？」

寝起《ねお》きのせいで、まだ頭がぼんやりしている。問いかけの意味がわからず訊き返すと、竜司は困ったような顔をした。

「体は辛《つら》くないか？」

「え、体……？　あっ……！」

何のことだろうと思いかけた瞬間《しゅんかん》、夜のことが一気に蘇《よみがえ》ってきた。

（思い出した——）

脳内で早送り再生される生々しい記憶《きおく》に、全身が熱くなっていく。きっと、いまの自分は、ゆでだこのように真っ赤になっているに違《ちが》いない。

「だ、大丈夫！　全然平気！」

勢いよく起き上がり、元気なことをアピールしようとした。けれど、起き抜けのせいでくらりと目眩《めまい》がする。

「おい、無理するなよ」

「ほ、ホントに平気だから！」

恥ずかしさのせいで、テンパってしまう。自分でも挙動不審《ふしん》だとわかっているが、簡単に落ち着きは取り戻せない。いま、床《ゆか》を転げ回りたいくらいだ。

（わー、わー、わー！）

叫《さけ》び出したい気持ちを堪《こら》え、心の中で身悶《みもだ》える。あんな急展開になるとは予想していなかったため、裕也は戸惑《とまど》うばかりだった。

昨夜、裕也はどうしてもと云《い》って、竜司に二十歳《はたち》になる誕生日を一緒《いっしょ》に迎えてもらった。それは積年の気持ちを竜司に伝えるためだ。

零時《れいじ》を迎えたあと、勇気を振《ふ》り絞《しぼ》って告白したけれど、また昔と同じようにあしらわれてしまいそうになった。だから、自分がどれだけ本気かというのを信じてもらうために、行動に出た。自分から竜司にキスしたのだ。

自らあんな大胆《だいたん》なことをしてしまったのは、飲み慣れないアルコールに酔《よ》っていたせいもあるのだろう。いま思い出すと、何て恥ずかしいことをしてしまったのだろうかと穴を掘《ほ》って埋《う》まりたくなる。

しかし、そのあとに起こったことに比べたら、さして大きな問題ではない。

裕也の子供騙《こどもだま》しなキスを訂正《ていせい》するかのように、竜司は大人のキスを仕かけてきた。それだけではすまず、そのまま竜司に抱《だ》かれてしまった。

（どうしよう、俺、本当に竜司さんとしちゃったんだよね…⁉）

キスすら初めてだったせいもあり、セックスがあんなに恥ずかしいものだとは思ってなかったのだ。自分でも知らなかった痴態《ちたい》を暴《あば》かれ、子供のように泣きじゃくり、いつの間にか意識を失っていた。

「裕也、どこか痛いのか?」

「ひゃ……っ」

触《ふ》れられた瞬間、昨夜の感覚が生々しく蘇り、間抜《まぬ》けな叫び声と共に反射的に手を勢いよく振《ふ》り払《はら》ってしまった。些細《ささい》な接触《せっしょく》に反応してしまうほど、神経が過敏《かびん》になっている。

「すまない」

「だ、大丈夫。ちょっとびっくりしただけ」

まさか、あれだけで感じてしまったなどと云うわけにもいかず、曖昧《あいまい》に笑ってごまかした。

そんな裕也に、竜司はますます暗い顔になる。

「怖《こわ》くて当然だよな。無理をさせてすまなかった。初めてなのに本当に悪かった」

「う、ううん、平気だってば」

体のあちこちに竜司の感覚が残っている。

肌《はだ》に押しつけられた唇《くちびる》の柔らかさや強引《ごういん》な指先の動き、深くまで入り込んできた熱さをいまでもリアルに思い出すことができた。

裕也を抱く竜司は、知らない人間のようだった。飢《う》えた獣《けもの》のような目で射貫《いぬ》くように見つめられ、自分が獲物《えもの》になったかのような気分になった。

だからと云って、『怖い』とはちっとも思わなかったし、戸惑いはあったけれど、嬉《うれ》しかった。裕也のことをどう思っているのかはわからないけれど、少なくともあの瞬間は欲情《よくじょう》していたはずだ。

「裕也」

「は、はい」

突然《とつぜん》、がばっと頭を下げてきた竜司に面食《めんく》らう。目を瞬《またた》いていると、竜司は沈痛《ちんつう》な表情で謝罪してきた。

「――申し訳なかった」

「え？」

よくよく見ると、疲《つか》れた顔をしていて目の下に隈《くま》ができている。もしかしたら、一睡《いっすい》もしていないのかもしれない。

「場の勢いとは云え、あんなことをするべきじゃなかった。本当に申し訳ないと思ってる」

「ちょ、ちょっと待ってよ！　竜司さんは何も悪くないだろ！　責められるとしたら、俺のほうだよ！　先にき…キスしたのは俺なんだし」

あそこまでする気がなかったとは云え、先に行動を起こしたのは裕也だ。

竜司一人が悪いわけではないし、そもそも、裕也は嫌《いや》だったわけではないのだから、謝罪も必要ないはずだ。

「いや、全面的に俺が悪い。いい大人が自制を利《き》かせられなかったなんて、何の云い訳にもならない」

竜司は後悔《こうかい》しているのだろうか。

裕也だって混乱したし、死ぬほど恥《は》ずかしかったけれど、竜司の要求に応《こた》えようと必死にがんばった。けれど、あの行為《こうい》が竜司の本意でなかったとしたら、裕也の行動は迷惑《めいわく》にしかなっていないということだ。

(竜司さん、お酒強いほうじゃないし……)

裕也は酔っていたせいで大胆な行動を取ってしまったけれど、もしかしたら、あのとき竜司も酔っ払《ぱら》っていたのかもしれない。諫めるつもりの脅《おど》しでの行為のはずが、アルコールのせいで勢いがついてしまったのだとしたら、あの変貌《へんぼう》ぶりも納得《なっとく》がいく。

「……やっぱり、俺じゃ竜司さんには相応《ふさわ》しくないよね。今日のことは思い出にする」

「何云ってるんだ。俺の恋人《こいびと》になるんだろう?」

「へ……?」

「それとも、怖《お》じ気づいたか? お前が嫌ならいままでどおりの関係でいたほうが——」

「嫌じゃないよ!」

慌《あわ》てて、竜司の言葉を否定する。せっかくのチャンスを逃《のが》すわけにはいかない。

「本当にいいんだな?」

「それは俺が訊きたいよ。竜司さんは俺でいいの?」

「もちろんだ。俺に責任を取らせてくれ」

力強く云われ、ぐっと胸が詰《つ》まる。嬉しくて泣きたくなったけれど、何とか我慢《がまん》した。

（こういうときって、抱きついてもいいのかな？）

誰《だれ》かとつき合うこと自体、生まれて初めてのことだ。最初からベタベタして、鬱陶《うっとう》しいと思われたくはない。

「裕也、ちゃんと人事にする」

「……ッ」

手を握《にぎ》られ、びくっと大袈裟《おおげさ》に反応してしまった。予想外な自分の反応に、自分自身で驚《おどろ》いてしまう。

「――――」

「ご、ごめん、何かドキドキしちゃって……っ」

裕也は、慌てて竜司に謝った。自分が竜司にいまのような反応をされたら、ショックを受けるはずだ。

触れられるたびに過剰《かじょう》に反応してしまうのは、抱かれたときの感覚が残っているからだろう。どうしても竜司の手の平の感触《かんしょく》や体温が、濃厚《のうこう》な快感の記憶と結びついてしまうのだ。

（まだ体が熱い気がする）

人と体温を重ね合うことで、熱量が二倍になったかのようだった。まさに熱に浮《う》かされたと云うのが相応しい。

「気にするな。まだ緊張《きんちょう》してるんだろ？」

「そうかもしれない……。竜司さん、本当にごめんね」

「大丈夫《だいじょうぶ》、気にしてないよ」

竜司は嫌な顔一《かおひと》つ見せず、優《やさ》しく微笑《ほほえ》み返してくれる。気にしてないと云ってくれているが、ヘンな誤解をされても嫌だ。

しかし、どう説明すれば自分の状態をわかってもらえるだろうかと裕也が考え込んでいると、竜司はすっと立ち上がり、手の届かないところへ行ってしまった。

「……あ……」

怒《おこ》らせてしまっただろうかと胸が冷える。裕也からは竜司の表情が見えず、不安が募《つの》っていったけれど、振り返りざまにかけられた言葉は普段《ふだん》と変わりのないものだった。

「裕也、お腹空いてないか？」

「え？　あ、空いてるかも……」

訊《き》かれるまで、自分が空腹だということにも気づいていなかった。

どうしてこんなに空腹なのだろうかと考えて、その理由に思い至った。あれだけ体力を使うことをしたのだから、体がカロリーを求めるのは当然だ。

「じゃあ、昨日のケーキを食わないか？　昨日、食い忘れただろ。起き抜《ぬ》けには重いかもしれないが、賞味期限もあるしな」

「あっ、そういえば……」

告白やら何やらで、ケーキのことなどすっかり忘れていた。裕也が意識を失ったあと、しまっておいてくれたのだろう。

「少しクリームが溶《と》けて崩《くず》れてるけど、冷蔵庫に入れ直しておいたから食えなくはないだろ。それとも、普通《ふつう》の飯のほうがいいか？」

「ううん、ケーキ食べたい」

せっかく竜司に買ってきてもらったのに、食べずに無駄《むだ》にするのはもったいない。

「わかった。準備しておくから、着替《きが》えたら来い。服はそこに置いてあるから」

「え？」

指さされたチェストの上を見ると、裕也の服は靴下《くつした》から下着まで、丁寧《ていねい》に畳《たた》んで置いてあった。裕也はそのとき初めて、自分が竜司のTシャツしか着ていないことに気がついた。

「あれ？　俺、いつ着替えて……」

よく考えてみれば、汗《あせ》などでベタベタになっていたはずの体に不快感は残っていない。裕也が意識を失っている間に竜司が綺麗《きれい》にしてくれたとしか考えられない。しかも、裕也の服は全《すべ》て綺麗に洗濯《せんたく》されているようだった。

「寝《ね》てる間に着替えさせた。あのまま放っておくわけにはいかなかったからな」

「あ…ありがとう……」

恥ずかしさに、申し訳なさといたたまれなさが加わり、言葉では云《い》い表せないような気持ちになる。真っ赤になって俯《うつむ》いていると、竜司の密《ひそ》やかな笑い声が聞こえてきた。

「急がなくていいからな。無理はするなよ」

竜司はそう云い残し、寝室《しんしつ》を出ていった。恋人になったばかりだというのに、やけにあっさりした態度を取る竜司に拍子抜《ひょうしぬ》けしてしまう。

(大人のつき合いってこんな感じなのかな?)

裕也と同世代の友人は恋人ができると、人が変わったようになることが多かった。しばらくすると落ち着くが、つき合い始めの頃《ころ》は舞《ま》い上がっている様子が手に取るようにわかる。

でも、それは皆《みな》初めての恋人だったからかもしれない。

三十五歳にもなれば、何人かとつき合った経験はあるだろう。とくに竜司ほどカッコよければ、男女問わずモテて当然だ。

(そういえば、俺、竜司さんの恋人って見たことないかも)

現在、決まった相手がいないことは、告白する前に真聖に確認《かくにん》してある。けれど、それ以前のことを聞いたことがいままで一度もなかった。

竜司と会うと、いつも自分の話ばかりしてしまう。恋人の話を聞いたことがないのは、そのせいかもしれない。

「……どんな人とつき合ってたんだろ」

そして、その人たちにはどんな顔を見せていたのだろう。一旦《いったん》気になってしまうと、そのことばかり考えてしまうのは裕也の悪い癖《くせ》だ。

(いまは俺が恋人なんだから)

過去を気にしても仕方がない。自分にそう云い聞かせ、着替えるためにベッドから抜け出した。フローリングに足をつけると、足の裏から冷たさが伝わってくる。

「わっ……」

立ち上がり、一歩足を踏《ふ》み出した瞬間《しゅんかん》、かくん、と膝《ひざ》が折れた。思ったように立っていられず、へなへなとその場にへたり込んでしまう。

「な、何で？」

咄嗟《とっさ》に立ち上がろうとしたけれど、上手《うま》くいかない。足に力が入らないというより、腰《こし》が立たないようだ。体を酷使《こくし》されたことが原因だと気づき、かあっと全身が熱くなる。

夢ではなかったという何よりの証拠《しょうこ》だ。込み上げてくる恥ずかしさに身悶《みもだ》え、裕也はベッドに顔を埋《うず》める。

「……夢じゃ、ないんだ」

小さく呟《つぶや》き、改めて幸せを噛《か》みしめた。

竜司の車の助手席なんて、数えきれないほど乗っているはずなのに、今日は無性《むしょう》に緊張する。見慣れた横顔に見蕩《みと》れてしまう。

(ホントに竜司さんてカッコいいよなあ……)

まさか、こんなに上手くいくとは思っていなかった。夢見心地《ごこち》なのは、そのせいもあるかもしれない。どちらかと云えば、ぎこちなくなったあとの対処ばかり考えていた。

最悪の場合、二度と会わないことも覚悟《かくご》していたぶん、現実とのギャップに戸惑《とまど》いを拭《ぬぐ》えないでいた。

「——がご馳走《ちそう》作ってくれるんだろ?」

「へ?」

ぼんやりとしていたせいで、竜司の言葉を聞き逃《のが》してしまった。間の抜けた返事をする裕也に、竜司は笑い声を立てる。

「だから、夕飯だよ。今年もおばさんのご馳走でパーティなんだろ?」

「あ、うん、多分そうだと思う」

「毎年、すごいご馳走だもんな。今年もおばさん張り切ってるんだろうな」

「最近、お菓子《かし》教室に行き始めたから、ケーキは家で焼くって云ってた。あ、そうだ、竜司さんも一緒《いっしょ》にどう? 竜司さんが来てくれたら、母さんもすごく喜ぶと思うけど」

裕也の家の隣《となり》が、竜司の実家だ。竜司は一人っ子ということもあり、独立してからもちょくちょく顔を出しており、裕也の家で夕飯を食べていくときもある。

いつもなら二つ返事で寄っていくのだが、今日の竜司は裕也の誘《さそ》いに苦笑いを浮《う》かべた。

「おばさんの手料理は魅力《みりょく》的だけど遠慮《えんりょ》しとく。昨日、裕也を独《ひと》り占《じ》めしちゃったし、今日はさすがに合わす顔がない」

「何で？」

「大事な末っ子に手を出したんだぞ。それをおばさんたちに知られたら、ただじゃすまないだろ。出入り禁止ですむとは思えない」

「そんなこと――」

「お前だって俺がいたら気まずくないか？　普通にしていられないだろ」

「そ、そっか、そうだよね」

竜司の言葉の意味を悟《さと》り、じわじわと顔が熱くなる。確かに、竜司が隣にいたら不用意に狼狽《うろた》えてしまいかねない。基本的に、裕也は隠《かく》しごとが得意ではない。

（でも、別に怒ったりしないと思うけどな）

両親は竜司のことを息子《むすこ》のように可愛《かわい》がっている。ある意味、やや軽いところのある真聖よりも信頼《しんらい》していると云っても過言ではない。

恋愛《れんあい》感情としての気持ちだとは思っていないだろうけれど、裕也が竜司を好きなことは皆が知っていることだ。さすがにつき合い始めたと云ったら驚《おどろ》くだろうけれど、竜司が心配するようなことはないだろう。

「……体のほうはどうだ？」

「も、もう、平気だよ。竜司さん家《ち》で休んだし」

竜司の気遣《きづか》いに、顔が熱くなる。

「無理するなよ。体キツいようなら、横になってればいいから」

「うん」

竜司とのドライブはあっという間に終わりが来てしまった。自宅の前で竜司の愛車はゆっくりと停車する。

もっと、一緒にいたい。そんな気持ちを押し隠し、礼を云う。

「ええと、送ってくれてありがとう」

「どういたしまして」

「家にも寄っていかないの？」

車を実家の駐車場《ちゅうしゃじょう》に入れないことを不思議に思ってそう訊《たず》ねると、歯切れの悪い答えが返ってきた。

「うん……ちょっと面倒《めんどう》だから、今日はこのまま帰るよ。このところ、お袋《ふくろ》の小言がうるさいんだ」

「おばさんが小言なんて珍《めずら》しいね。竜司さん、何か怒《おこ》られるようなことしたわけ？」

竜司の母はのんびりとした鷹揚《おうよう》な人だし、竜司も注意を受けるようなことをするタイプではない。家庭内で何かあったのだろうか。

「とくに何かあったわけじゃないが、まあ何て云うか、いつまで経《た》っても自分の子供は子供のままなんだろ」

「ふうん？」

わかったようなわからないような答えだったけれど、しつこく追及《ついきゅう》するのも子供っぽいように思えて、わかったふりをしておいた。

「また連絡《れんらく》する。今日はゆっくり休めよ」

「ん、わかった」

裕也は助手席を降り、去っていく車が見えなくなるまで見送った。胸元《むなもと》で振《ふ》っていた手を下ろしたあとも、その場から動けなかったのは胸がいっぱいだったからだ。

「……恋人《こいびと》、か……」

くすぐったい響《ひび》きの言葉を唇《くちびる》に載《の》せると、口元が緩《ゆる》んでしまう。裕也は一人、じわじわと込み上げてくる幸せな気持ちを噛みしめた。

大きく息を吐《は》き、踵《きびす》を返そうとしたとき、ふと微《かす》かな違和感《いわかん》を覚えた。

（――あれ？　何か忘れてるような……）。

何なのかはわからないけれど、何かが引っかかっている。けれど、すぐには違和感の正体が何なのか思い至らなかった。

「ただいまー」

玄関《げんかん》を入ると、大きめの革靴《かわぐつ》が揃《そろ》えてあった。この靴《くつ》は、兄の真聖のものだ。

「兄ちゃん、もう来てるの？」

「おー、おかえり」

いい匂《にお》いがしているキッチンに顔を出すと、真聖が一人で鍋《なべ》を掻《か》き回していた。真聖も就職してから一人暮らしをしているけれど、裕也の誕生日には毎年帰ってきてくれる。

「一人？　母さんは？」

「足りないものがあるとかで買い物に行った。俺が行くって云《い》ったんだけど、違《ちが》うもの買ってこられたら困るから、鍋のほう見てろってさ。信用ないよなー」

「そりゃ、兄ちゃんに生クリーム買ってきてって頼《たの》んでも、似てるからって豆乳とか買って来ちゃうからだろ」

ここにはいない母親の代弁をする。真聖のそういうところは父親に似ているようで、よく云えばおおらかな性格をしている。つまり、大雑把《おおざっぱ》なのだ。

「大して変わらないだろう」

「全然違うよっ」

真聖のこういう大雑把なところは、長所でもあり短所でもある。生真面目《きまじめ》で頭が固いと云われることも多い裕也にとってはいいアドバイザーなのだが、母のお使いとしては役に立たないというわけだ。

「で、どうだったんだ？」

真聖は唐突《とうとつ》に話題を変えてきた。裕也は、興味津々《きょうみしんしん》といった様子で見つめてくる真聖に渋面《じゅうめん》を浮かべる。

「……そういうこと普通訊《ふつうき》く？」

「気になって当然だろ。いいから、大人しく自白しろ」

真聖に隠しごとをしても、すぐにバレてしまうのがオチだ。相談にも乗ってもらっていたこともあるわけだし、ヘンにごまかすよりは素直《すなお》に白状したほうがいいだろう。

「まあ、一応……」

気恥《きは》ずかしくて、斜《はす》に構えた答えになってしまった。

「そうかそうか、よかったな裕也！」

「痛…っ！」

ばしん、と勢いよく背中を叩《たた》かれた。真聖はまるで自分のことのように、喜んでいる。それは、裕也が竜司にずっと片想《かたおも》いをしていたことを知っているからだ。

いままでずっと相談に乗ってくれて、励《はげ》まし続けてくれていた。

「だから、云ったろ？　上手《うま》く行くって」

「何で、兄ちゃんが偉《えら》そうな顔してるんだよ」

真聖は、まるで自分の手柄《てがら》だと云わんばかりに満足そうに頷《うなず》いている。

「色々協力してやってただろ。これまでの恩を忘れたわけじゃないだろうな？」

「もちろん、それは感謝してるけど」

竜司と真聖は小学校に上がる前からの幼なじみで、親友同士と云ってもいいだろう。違う大学に進んだけれど、高校までは部活動も同じだった。

竜司が頻繁《ひんぱん》に一緒に遊んでくれていたのは、真聖と親しかったからもあるだろう。そういう意味でも真聖には感謝しているが、人の恋路《こいじ》を面白《おもしろ》がるのはやめてもらいたい。

「しかし、あいつもとうとう認めたか。往生際《おうじょうぎわ》が悪いというか、頭が固いというか」

「どういう意味？」

独り言のように呟《つぶや》かれた言葉に首を傾《かし》げて問い返したけれど、違う話題で流されてしまった。

「いや、こっちの話。それで、竜司はどうしたんだ？　送ってきてもらったんだろ？　ウチに連れてくりゃよかったのに」

「あ、うん。そうなんだけど、すぐマンションのほうに帰っちゃった。夕飯に誘ったんだけど、今日はやめとくって云われた」

「あー、まあ、昨日の今日じゃ気まずいか。もしかして、隣《となり》にも寄らないで帰ったのか？」

「うん、そう。何か、おばさんの小言がどうのって云ってたけど……」

「ああ、なるほどね。そりゃ、あいつも帰りづらいな」

含《ふく》み笑いをする真聖に、再び首を傾げる。

「兄ちゃん、何か知ってるの？」

「ん？　まあ、察しがつくってだけだ。お前が心配するようなことじゃないから気にするな」

「う、うん」

真聖は教えてくれるつもりはないらしい。追及したところで、てきとうにごまかされるのがオチだ。

(相変わらず、兄ちゃんたちは隠《かく》しごとが多いよな)

よく幼い裕也の前で、竜司と真聖は内緒話《ないしょばなし》をしていた。裕也が「何の話？」と間に入っていくと、いつも「大人になったら教えてやる」とごまかされていた。

いま思えば、大した話はしていなかったのかもしれない。けれど、裕也はそんな二人のやりとりが、羨《うらや》ましくて仕方がなかった。

「とりあえず、夕飯まで時間あるから部屋でのんびりしてたらどうだ？」

「別にそんな疲《つか》れてないし。何か手伝おうか？」

「いいから、部屋に行ってろ。今日の主役はお前なんだから、何もしなくていいんだよ」

「ちょっ、もう、兄ちゃんまで子供扱《あつか》いしないでよ」

ぐしゃぐしゃと頭を撫《な》でてくる真聖の手を振り払《はら》う。むくれながら手櫛《てぐし》で髪《かみ》を直している裕也に、真聖は軽《かろ》やかな笑い声を立てた。

「俺にとっては、いくつになっても可愛《かわい》い弟だよ。ほら、部屋で宿題でもしてろ」

「宿題なんてないよ。レポートも全部提出ずみだし」

「じゃあ、マンガでも読んでろ。ただし、間食はするなよ。ご馳走《ちそう》が待ってるんだから、ちゃんと腹空《す》かせて待ってるんだぞ」

「わかったってば」

一人になると、恥《は》ずかしい記憶《きおく》が蘇《よみがえ》ってきてしまう。だから、できることなら真聖と無駄《むだ》話をしていたかったのに、こうなってしまっては仕方ない。

真聖にキッチンを追い出され、渋々《しぶしぶ》と自分の部屋に戻《もど》った。

カバンを机の上に置き、ジャケットを脱《ぬ》いでハンガーにかける。そして、真聖に掻き回された頭に無意識に手をやった。

「あ」

別れるときはいつも、竜司は裕也の頭を撫でてくれる。なのに、今日の竜司は鷹揚に微笑《ほほえ》むだけだった。

(何で今日はしてくれなかったのかな)

普通《ふつう》、頭を撫でるのは子供にすることだ。もしかしたら、二十歳《はたち》になった裕也を子供扱いしないようにと慮《おもんぱか》ってくれたのかもしれない。

物足りなさを感じてしまった自分を反省する。大人として見て欲しいと云ったばかりだと云うのに、それを不満に思うなんて自分勝手だ。

もう『子供』ではないのだから、甘えた気分ではいられない。

「でも、大人になるってどうしたらいいんだろう……」

ぼんやりとしたイメージばかりで、具体的な方法が思いつかない。裕也はそのまま、考え込んでしまった。

3

「お待たせ。ジンジャーエールとポップコーンでよかったんだよな？」

「うん、ありがとう」

裕也はパンフレットから顔を上げ、冷えたカップを受け取った。

会社帰りの竜司と待ち合わせをして、映画を見に来たのだ。とくに見たい映画があったわけではない。いわゆる、デートをしたかったのだ。

竜司とつき合い始めて、今日で四日目。電話やメールはしていたけれど、告白した日以来で顔を合わせたのは、今日が初めてということになる。

待ち合わせも、いつも以上に緊張《きんちょう》した。

いままで、わざわざ外で待ち合わせて会うことは片手で数えるほどしかしたことがない。出かけるときも、お互《たが》いの家に迎《むか》えに行くことがほとんどだったから。

「見たいのが終わってて残念だったたな」

「ちょっと気になってただけだし、これも見たかったから」

「それならよかった」

レイトショーのシアター内は閑散《かんさん》としていて、観客は自分たちと会社帰りと思《おぼ》しき一人客がちらほらいるだけだ。

「……こういうの懐《なつ》かしいね」

「そうだな。昔はよく三人で映画に来てたもんな」

裕也が真ん中で、いつも右側に竜司、左側に真聖が座っていた。裕也は一番後ろの席が好きだった。幼い自分には、みんなで同じ映画を見ているというシチュエーションが楽しかったのだろう。もちろん、今日も最後列の真ん中に陣取《じんど》っている。

「俺の子守《こもり》なんてつまらなかったんじゃないの？」

遊びたい盛りの大学生が頻繁に幼児の世話を押しつけられて、迷惑《めいわく》していたのではないだろうか。もし自分だったら、あんなに根気よく相手ができるかどうか自信がない。

「そんなことない。裕也と一緒《いっしょ》にいるのは楽しかったよ」

「本当に？」

「本当だって。裕也は小さい頃《ころ》から聞き分けよかったし、どこに連れて行っても行儀《ぎょうぎ》いいしな。周りから『可愛い子ですね』ってちやほやされるのも楽しかった」

「小さい子はみんな可愛いもんだと思うけど」

中には社交辞令を口にしていた人もいるだろう。

「何云《い》ってるんだ。お前はマジで天使みたいだったんだからな。まあ、いまも変わらずに可愛いけど」

「ほ、褒《ほ》めても何も出ないからねっ」

相好を崩《くず》す竜司に恥ずかしくなり、捻《ひね》くれた返事をしてしまう。素直《すなお》にありがとうと云える余《よ》裕《ゆう》は、まだ持てなさそうだ。

「事実を云ってるだけだ」

「〜〜っ」

「照れてる顔も可愛い」

「もう、いいってば！」

真っ赤になって語気を強くする。思った以上に大きな声になってしまい、前のほうに座っていた数人が振《ふ》り返った。慌《あわ》てて口を噤《つぐ》み、小さく頭を下げる。

気まずさをごまかすために、ポップコーンを口に運ぶ。ドキドキしている心臓が早く落ち着かないかとやきもきしていると、不意に手が伸《の》びてきて、唇《くちびる》に指先が触《ふ》れた。

「……っ、な、何？」

その瞬間《しゅんかん》、裕也は反射的に体を引いてしまった。

「いや、ポップコーンが口《くち》の端《はし》についてたから取ってやろうかと思ったんだが……」

「あ、ご、ごめん、ちょっとびっくりしちゃって」

指先が触れた瞬間、ぞくぞくと背筋から頭のほうへと震《ふる》えが走った。飛び退《の》いてしまったのは、そのせいだ。

「その、俺こそ驚《おどろ》かせてすまない」

真聖や大学の友人に触れられても何てことはないのに、竜司に触れられると、どうしてもドキドキしてしまう。まるで、触《さわ》られたところから、電気が走るかのようだ。

一時的に敏感《びんかん》になっているだけだろうとは思う。けれど、あの日の朝、竜司の手を振り払ってしまったことは、いまでも後悔《こうかい》していた。

「あ、えっと、パンフレット読む？　監督《かんとく》のインタビューが面白《おもしろ》かったよ」

「見終わってからにするよ」

「じゃ、じゃあ、しまっておくね」

どことなく白々しい空気が流れてしまうのは、裕也のせいだ。

竜司に抱《だ》かれて以来、やたらと神経が過敏《かびん》になっている。家族や友人に触れられても変わりはないのに、竜司に触れられると、どうしても過剰《かじょう》に反応してしまうのだ。

ちょっと指先が触れただけで飛び上がってしまっていては、手すら繋《つな》ぐことができない。こんなふうにびくびくしてたら、いつ『二度目』ができるかわからない。

(どうしたら、ちゃんとした恋人《こいびと》っぽくなれるんだろう……)

いまのままでは、『弟』のままだ。よほど、子供の頃のほうがベタベタとしていた気がする。

手を繋ぐのも普通《ふつう》にしていたし、お風呂《ふろ》もよく一緒に入っていた。怖《こわ》い話を聞いて眠《ねむ》れなくなった夜、一緒に眠ってもらったときもある。

でも、せっかく『恋人』にしてもらったんだから、竜司に釣り合うようになりたい。セックスだって、裕也にとっては刺激的《しげき》すぎる行為《こうい》だったけれど、大人のつき合いなら当たり前のことなのだ。あのくらいで狼狽《うろた》えていては、『恋人』になる資格はない。

（……がんばらないと）

こっそりと拳《こぶし》を握《にぎ》りしめて、自分を奮い立たせる。初めから怖《お》じ気づいていては、何も始まらない。次はアルコールの勢いなど借りずに、行動を起こさなくては。

「ねえ、竜司さん――」

「ほら、もう始まるぞ」

話しかけようとした裕也に向かって、人差し指を立てて見せる。考え込んでいたせいで、照明が落ちていたことに気づいていなかった。

タイミングの悪さにため息を吐《つ》きつつ、スクリーンのほうへ向き直る。見終わるまでに、次の作戦を練っておこうと思考を巡《めぐ》らせ始めた。

こっそりと、隣《となり》を歩く竜司の横顔を窺《うかが》い見る。鼻筋の通った端整《たんせい》なその顔は、どの角度から見ても完璧《かんぺき》だ。切れ長の目に、シャープなフェイスライン。

黙《だま》っていると怖いくらいのときもあるけれど、裕也と一緒にいるときはいつも柔《やわ》らかい表情を浮《う》かべている。

（カッコいいなあ……）

生まれたときからずっと見てるはずなのに、いまでもつい見蕩《みと》れてしまう。何がどう『好き』なのかは上手《うま》く説明できないけれど、物心ついたときから竜司の顔が好きだった。

竜司が好きだから顔も好きなのか、ただ単に好みの容貌《ようぼう》なのかは、いまとなっては判断がつかない。見ているだけでドキドキするし、幸せな気持ちになる。確かなのは、それだけだ。

「俺の顔に何かついてるか？」

「へ？　あ、いや、そうじゃないけど、ほら、竜司さんとこうやって歩いて一緒に帰るの、久しぶりだなって思って」

気づかれないように見ていたつもりだったのに、竜司にはバレバレだったらしい。見蕩れていたせいで、惚《ぼ》けた顔をしていたかもしれない。

咄嗟《とっさ》に云い訳をしてごまかすと、竜司も会話に乗ってくれた。

「そういえば、そうだな。このところ、車ばっかり使ってたしな」

「そういえば、保育園の帰りによく、内緒《ないしょ》でお菓子《かし》買ってくれてたよね」

帰りの遅《おそ》い両親の代わりに、兄の真聖が保育園へ迎《むか》えに来てくれていた。帰り道が同じだということもあり、竜司も一緒に帰ることがほとんどだった。

「おばさんにはバレバレだったけどな」

「え、噓《うそ》、俺ちゃんと内緒にしてたよ⁉」

竜司との約束ごとを破ったことは一度もない。どんな些細《ささい》なことでも、四角四面に守ってきたつもりだ。

「お前の噓は顔に出るんだよ。ほっぺたにお菓子の屑《くず》つけてたら一目瞭然《いちもくりょうぜん》だろ」

「ちょっ…そういうことは、そのときに云ってよ！」

園児にそこまでの証拠隠匿《しょうこいんとく》能力はない。竜司が気づいていたということは、真聖だってわかっていたはずだ。

「一生懸命《いっしょうけんめい》、内緒にしてる姿が微笑《ほほえ》ましくて、つい。おばさんだって、叱《しか》ったりしなかっただろ？」

「もう、大人ってそういうところがやだ。どうせ、みんなして笑ってたんだろ」

子供っぽいとわかっていつつも、唇を尖《とが》らせてしまう。そんな裕也を見て、竜司はしかつめらしく理由をこじつけてくる。

「笑ってたわけじゃない。温かく見守ってただけだ」

「そういうの、詭弁《きべん》って云うんだと思うけど……」

恨《うら》みがましい眼差《まなざ》しを向けると、竜司は声を立てて笑った。

「ははは、そうかもな」

軽《かろ》やかに笑う竜司の横顔に、胸が締《し》めつけられる。秘《ひ》めた恋《こい》も苦しかったけれど、いま感じている痛みは以前とは少し違《ちが》っていて、切なさが混じっているようだった。

——今日のデートは楽しかった。

映画はすごく面白かったし、そのあとの食事でも会話が弾《はず》んだ。まるで、つき合い始める前と同じように。

てきとうに選んだ作品だったけれど、思った以上に面白くて、つい夢中で見てしまったせいで作戦を練るどころではなかった。

（あーあ、こんなんじゃダメだよな……）

『弟』としての感覚が抜《ぬ》けないのは、むしろ裕也のほうなのかもしれない。片想《かたおも》いが長すぎて、どう振る舞《ま》えばいいかわからないのだ。

「……裕也、お前無理してないか？」

「え？」

独りごちるような問いに、思わず足を止めた。振り返って再度聞き返そうとしたけれど、そのときにはすでにいつもと同じ顔になっていた。

「いや、何でもない。今夜も寒いから、温かくして寝《ね》ろよ」

「う、うん」

もしかしたら、どういう意味で云《い》ったのかと追及《ついきゅう》すべきだったのかもしれない。しかし、完全にタイミングを失してしまった。

「おやすみ。夜更《よふ》かししないで早く寝ろよ」

「うん、おやすみ」

門の前で見送ってくれている竜司に後ろ髪《がみ》を引かれながら、玄関《げんかん》を入る。

「…………」

唇《くちびる》から漏《も》れる吐息《といき》には、どうしても苦さが混じってしまう。ままならない自分に、裕也は宙を仰《あお》ぐことしかできなかった。

4

「送信、っと」

書き上げたばかりのレポートを担当の教授に、メール送信する。印刷し、綴《と》じて提出する必要がないのは楽でいい。

とくに具体的な将来の夢があって決めた進路ではなかったけれど、大学の講義は楽しかった。必修のもの以外は、興味のある科目を選べばいい。

竜司とは違って理系が苦手なため、文系の学部を選んで受けたけれど、大学は竜司の母校だ。歳の差は縮まらない。だから、せめて同じ大学に通い、竜司の過ごしたキャンパスの空気を吸ってみたかったのだ。

そういう意味では、邪《よこしま》な気持ちで受験したとも云える。少し背伸《せの》びをしなければ届かない偏《へん》差値《さち》だったけれど、死に物狂《ものぐる》いで勉強した。

あの頃《ころ》は大変だったけれど、大学生活が充実《じゅうじつ》しているのはそのときにがんばることができた結果だと思っている。

パソコンの電源を落とし、ベッドへとダイブした。前のめりな姿勢でパソコンに向かっていたせいで、背中や肩《かた》がヘンな形で固まっている。ベッドの上でぐぐと体を伸《の》ばすと、あちこちの関節がぱきぱきと音を立てた。

「うー、目が疲《つか》れた」

数時間モニターを見つめていただけで、これだけ疲れるのだから、毎日、朝から晩まで仕事でパソコンに向かっているビジネスマンの疲労《ひろう》はよほどのものだろう。

「……竜司さん、いま何してるのかな」

ふと思い立ち、携帯電話《けいたいでんわ》に手を伸ばした。本当は電話をかけて声が聞きたかったけれど、もしも帰りの電車の中だったりしたら迷惑《めいわく》になってしまう。代わりにメールを送ることにした。

返事を催促《さいそく》するような内容にならないように気をつけたら、短い文面になってしまったけれど、無闇《むやみ》に長くなってしまうよりはいいだろう。

「仕事お疲れさま。俺はやっとレポート終わったところ……っと」

昨日のデートで食事をご馳走《ちそう》になったことへの礼も添《そ》え、メールを送信した。

竜司と正式におつき合いを始めて、そろそろ半月になる。一応、会社帰りの竜司と待ち合わせてデートしたり、週末に泊《と》まりに行ったりしてはいる。

けれど、最初の日以来、キスはおろか、手を握《にぎ》るまでにも至っていない。いまでは、あの夜のことが夢だったかのように思えるほどだ。

(やっぱ、俺じゃそういう気にならないのかな……)

自分なりにアプローチもしている。けれど、竜司にはさりげなく躱《かわ》されてばかりいる。先週末に泊まりに行ったときは、客用布団《ぶとん》まで用意されていた。

もちろん、竜司はとても大事にしてくれている。だが、それが恋人扱《こいびとあつか》いなのかどうかはっきりしない。個人的な感触《かんしょく》としては、むしろ以前よりも距離《きょり》を感じるような気がするのだ。

(……って、それも俺のせいだよな)

過剰《かじょう》に反応してしまう『症状《しょうじょう》』は、なかなか治らなかった。

触《ふ》れられるたび、いちいち飛び上がる勢いで驚《おどろ》く裕也に気を遣《つか》ってくれているらしく、竜司は一定の距離を保つようになってしまったのだ。

だからと云って、このままでいいわけがない。裕也だって恋人《こいびと》らしいことをしたいと思っているし、健全な男子として性欲《せいよく》だってある。

すぐには難しいかもしれないけれど、回を重ねていけば、それなりに慣れるはずだ。

「最初が刺激《しげき》的すぎたんだよ……」

いまとなっては、云い訳にしかならないけれど、初心者の自分が平然と受け止められるわけもない。あの日までキスすらしたことがなかったのに、一晩であんなことまで経験することになるなんて考えてもいなかったのだから。

どういうことをするのか、ぼんやりとした知識はあったけれど、実際に体験するとなると想像と全然違った。いまでも思い出すと、死ぬほど恥《は》ずかしい気持ちが込み上げてくる。その上、おかしくなりそうなほど気持ちがよかったのも、また事実だ。

快感で理性が飛ぶという体験も初めてだった。本気で体が溶《と》けてしまうのではないかと、心配になったほどだ。

いまでも戸惑《とまど》っているほどだけれど、二度としたくないと思っているわけではない。

(心の準備さえできれば、何とかなると思うんだけど……)

あのときは、勢いばかりで、具体的な覚悟《かくご》が足りなかった。きっとそのせいで、体が驚いてしまったに違いない。

「——あ……」

あの夜のことを思い出していたら、体の中心に熱が集まってきてしまった。

(しまった)

むずむずとした感覚は、意識すればするほど大きくなっていく。違うことを考えて収束を計ろうとしたけれど、すでに放っておいて治まるような状態ではなくなっていた。

「…………」

生理現象なのだから、やむを得ない。そう自分に云い訳をし、パジャマのズボンの中に手を忍《しの》ばせる。別に誰《だれ》に見られているわけではないのだから、云い訳をする必要などないのだが、妙《みょう》な罪悪感があった。

「……っ」

裕也は、下着を押し下げ、ゆるく勃《た》ち上がった自身に指を絡《から》める。そっと擦《さす》ると、さらに硬《かた》く張り詰《つ》める。

「ン、は……っ」

少し強めに締《し》めつけた指を前後させるだけで、いつもならあっという間に高まり、終わりが来る。なのに、今日は思ったように熱くなっていかない。

(あれ？　おかしいな……)

ムキになって扱《しご》くけれど、痛いばかりで気持ちよくならない。腰《こし》の奥の疼《うず》きは酷《ひど》くなっていくばかりなのに、その出口が見つからないもどかしさに苛立《いらだ》ちさえ覚える。

もしかしてと思い、竜司にされたことを思い出しながら指を動かしてみる。されるがままだったせいで記憶《きおく》は曖昧《あいまい》だけれど、彼の指が辿《たど》った感触なら残っている。

「ぁ、は……っ」

裏側を擦り、先端《せんたん》を刺激すると、甘ったるい吐息が零《こぼ》れた。それでも物足りなくて、胸元《むなもと》にも手を這《は》わせる。心臓の上を探《さぐ》り、指先で小さな粒《つぶ》を捕《と》らえると、それを抓《つね》るように刺激した。

「ん……っ、んん」

今夜は両親が留守のため、家には自分一人だけれど、やはり大きな声を出すのは恥ずかしい。布団に顔を埋《うず》め、必死に手を動かした。

目を瞑《つぶ》り、自分の記憶を辿る。竜司の囁《ささや》きや吐息、体温や鼓動《こどう》を思い出しているうちに、体温が上昇《じょうしょう》していった。やがて、感覚が高まり、呼吸も忙《せわ》しなくなっていく。

「や、ぅん、竜司さん……っ」

びく、びくと自分の手の中に欲望《よくぼう》の証《あかし》を吐《は》き出した。手の平が生温かいもので濡《ぬ》れる。

解放感に浸《ひた》っていられたのは、ほんの僅《わず》かな時間だけだった。荒《あら》くなった息を落ち着けようと肩を上下させているうちに、熱が引いていく。

大きく息を吐き、気まずい気分でもぞもぞと起き上がる。すっきりしたというよりも、いたたまれない気持ちなのは、思わず竜司の名を呼んでしまったからだろう。

(何やってんだろ、俺……)

これでは、ただの欲求《よっきゅう》不満だ。裕也は汚《よご》れた手をティッシュで拭《ぬぐ》い、丸めてゴミ箱に放《ほう》り投《な》げる。

「恋人って何なのかな……」

一人相撲《ずもう》を取っている気分が拭えず、独りごちる。

そもそも、竜司にとって自分はどういう存在なのだろうか。弟だと思ったことはないと云《い》っていたけれど、だったら、いままでどういう気持ちで接してくれていたのだろう。

ため息を吐きかけたそのとき、突然《とつぜん》、携帯電話の着信音が鳴り響《ひび》き、飛び上がってしまった。

「うわ……っ」

油断していたせいで、大きな音に驚かされた。バクバクと鳴り響く心臓を手で押さえながら携帯電話の画面を見た裕也は、再び目を瞠《みは》った。

「竜司さん⁉」

いつも電話をするときは、裕也からかけることが多い。通話代を気遣《きづか》ってかけ直してくれたりするけれど、竜司から電話をもらうときは何かしら用事があるときだけだ。

あまりのタイミングの悪さに狼狽《うろた》えながら、電話に出た。

「も、もしもし」

いま自分が何をしていたかなんてわかるはずもないのに、動揺《どうよう》しているせいで不自然な声音《こわね》になってしまった。

『俺だけど、いまいいか？』

「う、うん、大丈夫《だいじょうぶ》。ていうか、何かあったの？」

一人でしていたことへの羞恥《しゅうち》と竜司の声が聞けたことへの嬉《うれ》しさで、ドキドキが治まらない。早鐘《はやがね》を打ち続ける心臓の音がうるさくて、電話の向こうには聞こえないとわかっていても、はらはらした。

『メール読んだら、裕也の声が聞きたくなったから』

「え、それだけ？」

告げられた意外な理由に、目を瞠った。

『何だよ、声が聞きたいくらいで電話かけるなって云いたいのか？』

「違《ちが》っ、そういう意味じゃなくて！　だってほら、竜司さん、いつも用事があるときしか電話してこないから……」

『そういや、そうだな。――でも、今日はどうしても裕也の声を聞きたかったから』

「な、何云って……っ」

平然と口説き文句のようなことを口にする竜司に、かあっと顔が熱くなる。まるで、恋人に囁くような甘い言葉にぶわっと顔が熱くなる。

(……って、そっか、俺、恋人だったっけ)

いつにないほどのいい雰囲気《ふんいき》に、気持ちが舞《ま》い上がる。

やはり二人でいると、いままでの感覚が抜《ぬ》けきらないのかもしれない。普段《ふだん》、あまりしない電話だからこそ違《ちが》う空気になれたのだろう。

『裕也の声聞けて、元気出た。ありがとな』

「お…俺も、竜司さんの声、聞きたいって思ってたし……」

意を決して、裕也も自分の気持ちを告げる。

『そうか。なら、タイミングよかったんだな』

「竜司さん、いまどこにいるの?」

『会社だよ。ちょっと抜け出してきて、休憩室《きゅうけいしつ》にいる』

「えっ、まだ仕事終わらないの?」

振《ふ》り返って時計を見ると、すでに十時を回っていた。

『厄介《やっかい》な案件があって、月末まではこの調子だな。終電で帰れりゃ御《おん》の字だ。悪いな、裕也、なかなか時間作れなくて……』

「ううん、気にしないでよ。しょうがないじゃん、仕事なんだから」

タフな竜司が疲《つか》れた様子を見せているということは、相当忙《いそが》しいのだろう。もちろん、会えるのなら毎日でも会いたい。けれど、竜司の負担にだけはなりたくなかった。

（我が儘《まま》なんて、絶対に云わないようにしなくちゃ）

恋人《こいびと》にしてもらったただけで、充分《じゅうぶん》すぎるほどの贅沢《ぜいたく》だ。それ以上を望むわけにはいかない。

『俺は気にする。裕也に会いたい』

「……っ、あ、ええと……」

俺も会いたいと返せばいいだけなのだろうが、不意打ちの囁きに思いきり狼狽えてしまった。

裕也が戸惑い口籠《くちご》もっていると、電話の向こうで苦笑《くしょう》している気配がした。

『すまん、我が儘云《い》ってるな』

「ううん、そんなこと……っ」

『じゃあ、真面目《まじめ》に仕事してくるか。悪かったな、ヘンな時間に電話して。裕也も疲れてるだろうから、早く寝《ね》ろよ』

「え!?」

『さっきまでレポートやってたんだろ』

「あ、ああ、うん、そう。竜司さんの声聞けて、疲れなんてどっか行っちゃってた」

あはは、と笑ってごまかしながら、胸《むね》を撫《な》で下《お》ろす。

(バレたかと思った……)

一人でしていたことを云われたのかと思って、ぎょっとしてしまったけれど、些《いささ》か自意識過《か》剰《じょう》だったようだ。

『それじゃあ、もう一がんばりしてくるか』

「あ、あのさ、竜司さん!」

電話が終わりそうになり、慌《あわ》てて呼びかけた。

『ん?』

「土曜日、また泊《と》まりに行っていい……?」

いつものように、『いいよ』と返ってくると思っていた。けれど、竜司の返事は予想外なものだった。

『あー、悪い。土曜は仕事が入って、何時に帰れるかわからないんだ』

「そう…なんだ……」

都合が悪いなら仕方がない。けれど、『今度こそ』と気合いを入れていたぶん、落胆《らくたん》は大きかった。

『でも、日曜だけは休みを死守したから、どこか遊びに行こう。水族館に行きたいって云ってなかったか？』

この間、一緒《いっしょ》にテレビを見ていたときの何気ない呟《つぶや》きを覚えていてくれたらしい。流し見していた番組で、新しくオープンした水族館の特集をしていたのだ。

そのことを覚えていてくれたことは嬉しかったけれど、その水族館にどうしても行きたいわけではない。むしろいまは外に出かけるよりも、二人きりで過ごしたかった。

それに、疲れているであろう竜司を連れ回すのは気が引ける。週に一度の休みくらい、のんびり体を休めてもらいたい。

「うん、でも、竜司さん疲れてるだろうし、家でのんびりしようよ。俺は竜司さんがいるならどこでもいいし、何なら寝てててもいいから」

『疲れてはいるが、そこまで気を遣《つか》われるほどオッサンじゃないぞ。俺が裕也と一緒に出かけたいんだよ』

「竜司さんがそう云うなら……」

行きたいと云われてしまうと、それ以上云えなくなってしまう。もちろん、外でのデートも楽しいし、気乗りしないわけではない。ただ、竜司の真意が気になるだけだ。

『じゃあ、行きたいところ考えておいてくれ。くそ、もうタイムリミットか。すまん、呼ばれてるからもう戻《もど》らないと』

竜司の声の後ろから、同僚《どうりょう》と思《おぼ》しき男性の声が聞こえる。何かトラブルがあったのか困った様子で、竜司を呼びに来たようだった。

「わかった。仕事、がんばってね」

『ありがとな。お前は夜更《よふ》かししないで、早く寝るんだぞ。おやすみ、裕也』

ぷつりと通話が切れ、向こうとの接続が断《た》たれる。名残惜《なごりお》しさを覚えながら、携帯《けいたい》を握《にぎ》りしめ、ベッドに倒《たお》れ込んだ。

「……避《さ》けられたような気がする」

釈然《しゃくぜん》としない気持ちで独りごちる。明らかに、裕也が泊まることを避けているようだった。ちょっといい雰囲気になったと喜んでいたぶん、落胆も大きかった。

（つまり、そういうことだよね……？）

竜司が選ぶデートコースは健全なものばかりだ。楽しいことは楽しいけれど、ムードが高まるような場面は一切《いっさい》ない。まるで、中学生の交際だ。

気を遣われているのか、それとも、その気にならないのか——裕也にわかるのは、竜司に先に進む気がないということだけだ。

どう考えても、あのとき手を振り払《はら》ってしまったことがいけなかった。時間を巻き戻せるなら、あの瞬間《しゅんかん》に戻ってやり直したい。せめて、自分の取った行動の云《い》い訳をさせて欲しい。

（いまからでも、話してみたほうがいいのかな）

よく考えたら、その場をごまかすことばかりに頭が行ってしまって、自分の気持ちをきちんと伝えられていない。子供じみた自分を出さないよう、必死になっていた気がする。

「……電話鳴ってる？」

裕也の部屋では聞こえにくいのだが、両親の部屋に置いてある子機が鳴っているようだった。慌てて飛び起き、電話を取りに行く。

「はいはい、いま出ます」

今日はやけに電話が多い日だ。こんな時間に自宅にかけてくるということは、家族や親戚《しんせき》の誰《だれ》かだろう。友人なら、携帯電話《けいたいでんわ》のほうへとかけてくるはずだ。

「はい、榎本です」

『裕也か？』

「あれ、兄ちゃん。どうしたの？」

『来月の法事の日程がいつだったか忘れちゃってさ。父さんの携帯が繋《つな》がらなくてさ』

「父さんたちなら旅行だよ。こないだ云わなかったっけ？」

二人はいま、デパートの抽選《ちゅうせん》で当てた二泊《はく》三日のクルーズ旅行に行っているのだ。携帯電話が繋がらないのは、電波の届かない海の上にいるからだろう。

『あー、あの旅行、今週だったのか。てことは、いまお前一人なのか』

「そうだよ」

『大丈夫《だいじょうぶ》か？　一人で留守番できてるか？』

裕也は、相変わらずの子供扱《あつか》いに嘆息《たんそく》する。

でも、もしかしたら、こんなに心配するということは、自分に頼《たよ》りない雰囲気《ふんいき》があるのかもしれない。そんな不安を振り払い、いつものように反論する。

「あのね、俺もこの間二十歳《はたち》になったんだから、いつまでも子供扱いしないでよ。大体、留守番なんて小学生にもできるから」

『たまには、寂《さび》しいから兄ちゃん帰ってきて、とか云ってみてもいいだろ』

「それ、寂しいの兄ちゃんのほうじゃないの？」

『あーあ、可愛《かわい》い弟も兄離《ばな》れするようになったか……』

「兄ちゃんのことは頼りにしてるって。それより、法事の日にちだったよね？　来月最後の日曜だって云ってたけど、来られそう？」

子機を耳に当てながら自室へ戻り、カレンダーを確認《かくにん》しながら告げる。真聖の戯言《たわごと》は聞き流すのが一番だ。真聖からも話を逸《そ》らしたことへの追及《ついきゅう》はなく、自然に話題が変わる。

『その日なら大丈夫だ。出張と重なってたらどうしようかと思ってたんだ』

「最近、忙しいんだね」

『まあな、出世するのも考えものだな。管理職になったせいで残業手当つかなくなったし、かと云って給料がものすごく上がったってわけじゃないし』

「仕事辛《つら》い？」

『まあ、仕事しねー部下には腹立つけど、やりがいはあるよ。新卒のときは頼りなかったやつが一人前に働くようになると嬉《うれ》しいし、頼られるのも嫌《きら》いじゃないしな』

「色々あるんだね」

『お前も就職すれば嫌《いや》でもわかるんだ。いまのうちに、学生生活を謳歌《おうか》しとけよ』

仕事の愚痴《ぐち》を云う真聖が大人びて見えて羨《うらや》ましいなどと云ったら、きっと怒《おこ》られるに違《ちが》いない。でも、裕也にとっては大人である証拠《しょうこ》のように思えてしまうのだ。

「……兄ちゃん。やっぱり、俺ってまだガキっぽい？」

そんな問いを、半ば無意識に口にしていた。

『いきなり何だ』

唐突《とうとつ》な問いかけに、真聖は面食《めんく》らっているようだった。

「いいから答えてよ」

苛立《いらだ》ちながら催促《さいそく》する。自覚している以上に、そのことが不安要素だったようだ。そんな裕也の気持ちが伝わったのか、真聖は真面目《まじめ》に答えてくれた。

『そうは云われても、一言では云いにくいな。俺にとっては、いつまで経《た》ってもお前は可愛い弟だからな。でも、大学生になってからずいぶん大人びてきたとは思うけど』

「本当？」

真聖の評価に、少しだけ声が明るくなる。

『俺の言葉が信じられないのか？　年明けたら成人式だろ。年相応に成長してるんだから、ヘンに気にするな』

「……うん……」

『もしかして、また竜司絡《がら》みで悩《なや》んでるのか？』

「えっ、何でわかったの⁉」

『わからないわけがないだろう。あいつのこと以外で悩むことなんて、ほとんどないだろうが』

「そ、そんなことないよ！　他《ほか》のことでも悩んだりする…と思うけど……」

自分で云いながら、すぐには思い当たらなかった。つくづく、竜司のことばかり考えている自分自身を思い知らされた。

『テンション低いな。つき合い始めて半月なんて、一番盛り上がってる頃《ころ》だろうが』

「いや、ほら、竜司さん忙《いそが》しいし……」

『そんなこと云ったら、俺だって寝《ね》る間も惜《お》しんで働いてるが、ちゃんと遊んでるぞ』

「え、そうなの⁉」

『いまは俺の話じゃないだろう。あいつと何かあったのか？』

「な、何もないよ」

本当に何もない。なさすぎて悩んでいるのだ。いっそ、ケンカでもしていたなら、真聖に仲直りの助言を求めることもできるのに。

『じゃあ、何でそんなに暗いんだ』

「何か、よくわからなくて……」

竜司の気持ちもわからないし、自分がどうしたいのかもわからなくなってきていた。

『まあ、実感はなかなか湧《わ》かないよな。ちゃんと優《やさ》しくしてもらってるんだろうな』

「う、うん」

『おい、まさか、酷《ひど》いことされてるんじゃないだろうな？』

裕也が口籠《くちご》もったのを怪《あや》しみ、真聖は剣呑《けんのん》な声を出した。自分の言葉が足りないせいで、竜司が誤解されるのは本意ではないと、慌《あわ》てて否定した。

「そんなことされてないよ！　竜司さんはすっごく優しいし、大事にしてくれてるよ。ただ、やっぱり、俺じゃ竜司さんには物足りないのかもしれないって思って……」

『それで歳を気にしてるのか。お前だってもう二十歳なんだから、竜司だって気にしてないと思うけど。あいつは優しくしてくれてるんだろう？』

「大事にしてくれるのは嬉しいんだけど、優しすぎるっていうか――」

『何だ、惚気《のろけ》か』

「ち、違うってば！　上手《うま》く云《い》えないけど、前より距離《きょより》を感じる気がして……」

聞き流されそうになり、慌てて言葉をつけ加える。竜司に対して不満を持っているわけではない。ただ、不安なのだ。

　なりふり構わず告白したくせに、成就《じょうじゅ》した途端《とたん》、臆病《おくびょう》になるなんて自分でも呆《あき》れる他ない。考えすぎだと思おうとしたけれど、胸に凝《しこ》るもやもやとしたものはいつまでも裕也に纏《まと》わりついていた。

『まだお互《たが》いに慣れてないだけじゃないのか？　いままでどおりってわけにはいかないだろ』

「それだけならいいんだけど……」

『だったら、お前は何をそんなに心配してるんだ？』

「竜司さん、何もしてくれないから……」

『何もって？』

「手も繋いでくれないし、き…キスもしてくれないし……」

　こんなことを自分から云うのは恥《は》ずかしかったけれど、思いきって口にした。助言を求められるのは、真聖しかいない。

『本当に？　何も手を出してこないのか？』

　真聖は心底驚《おどろ》いているようで、何回も確認してくる。

「うん」

　最初の夜のことは、カウントに入れるべきではないだろう。云うなれば、あれはテストのようなものだったし、正式に恋人《こいびと》になる前のことだ。

『それは意外だな……』

真聖は電話の向こうで唸《うな》っていた。

「俺も悪かったんだ。緊張《きんちょう》しちゃって、最初に大袈裟《おおげさ》に反応しちゃったから……」

『だからって、何もないなんておかしいだろ』

真聖から見ても、おかしいのだとわかり、改めて落ち込む。

「やっぱり、俺が子供すぎるのがいけないんだと思う。いくら二十歳になったからって、歳の差は変わらないし、経験だって全然ないし。それに俺みたいながりがりじゃ、そういう気分にならないよね」

『大丈夫だ。竜司の好みからは外れてないから、そういう心配はしなくていい』

何を根拠《こんきょ》に云っているのかわからないが、真聖は力強く断言した。そう云ってもらえるのはありがたいけれど、いまの裕也には身内贔屓《びいき》の気休めに思えてしまう。

「そうなのかな……」

『そうに決まってる。俺の可愛い裕也が好きだって云ってるのに、よろめかないわけない』

力説する真聖に、不安が込み上げてくる。普段《ふだん》は聡明《そうめい》な兄だが、裕也に関しては判断が甘いような気がする。自分もブラコン気味だが、真聖はかなりの過保護だ。

「兄ちゃん、それは贔屓目入りすぎてる気がする……」

『いいや、お前は自分のことをまったくわかってない。俺たちがどれだけ苦労して、悪い虫がつかないようにしてたと思ってるんだ。子供の頃の苦労を忘れたのか？　変質者に追われたり、教師にストーカーされたり大変だっただろう』

「あれとこれとは全然違うと思うけど」

『根本的な原因は同じだ。相手が悪質かどうかの違いだけだろ』

「………」

云いきられてしまうと、反論のしようがない。当事者である以上、客観的には見られないし、真聖がそう云うならそうなのだろう。

（自分のことなんて、よくわかんないよ……）

ヘンな相手につきまとわれることがあっても、実生活では色恋沙汰《いろこいざた》とは無縁《むえん》で過ごしてきた。ずっと竜司が好きだったせいもあるけれど、誰《だれ》かから告白されたことなどは一度もない。

友人はそれなりにいるけれど、女子にはあまり男扱《あつか》いをされていないように感じる。つまり、恋愛《れんあい》対象としての魅力《みりょく》が足りないということではないだろうか。

「ねえ、兄ちゃんは竜司さんの恋人と会ったことある？　どんな人だった？」

せめて、竜司の好みがわかれば、それに近づく努力ができる。だが、裕也が何度訊《き》いても『お前みたいに明るくて可愛《かわい》い子かな』などと、ごまかされるばかりだった。

『ん？　うん、まあ、ないわけではないけど、いまは裕也が恋人だろ？　過去を気にしても仕方がないんじゃないか？』

口籠もったということは、真聖が何か知っている証拠《しょうこ》だ。語気を強めて、さらに訊く。

「何でもいいから教えてよ。女の人だった？　それとも、男の人？」

『俺が知ってるのは女だけだな。でもな、別に気にする必要はないと思うぞ。お前のほうが全然可愛い』

「……やっぱり、恋人にするなら普通《ふつう》は女の人のほうがいいのかも」

『女のほうがいいなら、初めっからお前とつき合ったりしないだろう』

「でも俺、かなり強引《ごういん》に迫《せま》ったし、同情してくれたのかもしれないじゃん」

いま思い返してみても、質《たち》の悪い酔《よ》っ払《ぱら》いだった。しつこくされて、折れてくれただけかもしれない。

『それはない。お前は知らないだろうが、あいつは同情や憐憫《れんびん》で動くような人間じゃない』

聖人君子でないことはわかっているが、自分に対して甘いことは重々承知している。ただ、自分のわがままを叶《かな》えてくれているだけだったとしたら、申し訳ないとしか云いようがない。

「――じゃあ、兄ちゃんの代わりとか」

裕也は、そのときふと思いついた可能性を口にした。

『はあ⁉』

突拍子《とっぴょうし》もない発想だったけれど、可能性がないとは云いきれない。

「だって、二人とも昔っからすごく仲いいじゃん。いつも一緒《いっしょ》にいたし、兄ちゃんのほうがカッコいいし、美人だし、頭いいし、つき合うなら俺なんかより兄ちゃんのほうが――」

『気色の悪いことを云うな。それだけは絶対ない』

真聖はいつになく強い語気で否定した。真聖がこんなに真剣《しんけん》な物云いをするのを聞くのは、初めてのことだ。

「そうなの？」

『本気であり得ない。信じられないなら、竜司に同じこと訊いてみろ。似たような答えが返ってくるだろうよ』

「わ、わかった」

ここまで云われては、疑いようがない。

『大体、あいつが俺と一緒にいたのは――って、何で俺が竜司のフォローをしてやらなきゃいけないんだ？』

真聖は不満げにぶつぶつと独り言を呟《つぶや》いている。

「兄ちゃん、途中《とちゅう》でやめられると気になるんだけど……」

『こういう話は、本人から聞け。俺はお前に対して助言はするが、あいつに塩を送る気はない』

「？」

真聖の云っている意味がいまいちよくわからなかったが、助言はしてくれるというのだから余計なことは云わないでおくことにした。

『とりあえず、作戦を変えよう』

「作戦？」

『あいつのことだから、お前を大事にしすぎて、手が出ないんだろう。だったら、出しやすくしてやればいいんだよ』

「でも、どうやって……」

『そう焦《あせ》るな。すぐ答えを出したがるのは、お前の悪い癖《くせ》だ。二十年間の関係を二週間やそこらで変えるのは簡単じゃないんだ。地道に行くしかない』

「……うん」

確かに、真聖の云うように焦りすぎていたかもしれない。これまで、長い時間待ったのだ。それを考えたら、半月など大した長さではない。

「どうしたらいいと思う？　もっと積極的に行くべき？　それとも、待ってるほうがいいのかな」

何をすれば竜司が喜んでくれるかわからない。自分で考えて見当外れのことをするよりも、同じ年齢《ねんれい》で親友の真聖に助言をもらったほうが建設的だ。

『今度は健気《けなげ》なところをアピールしたらどうだ？』

「健気？」

『恋人が自分のために一生懸命《いっしょうけんめい》になってたら、ぐっとくるだろう？』

「確かに」

『家で飯作って待ってても、帰りが遅《おそ》いと無駄《むだ》になるだけだし……あ、昼休みに弁当届けるってのはどうだ？　あいつ、昼飯はいつも外で食ってるって云《い》ってたし、会社の前で待ってりゃ会えるだろうから』

「お弁当って、俺が作るの⁉」

『買ったやつじゃ、ありがたみがないだろうが』

「そっか」

母親の手伝いはするほうだし、簡単な料理ならできるが弁当を作ったことはない。果たして、人に食べてもらえるような出来映《できば》えのものを作れるだろうか。

『会社に迎《むか》えに行くのはどうだ？　雨の日なんていいかもな。相合《あいあ》い傘《がさ》なら、一気に距離《きょり》が縮まるだろ』

「ねえ、そんなにつきまとって、うざいと思われないかな？」

アドバイスはありがたいが、あまりやりすぎて逆効果になったら元も子もない。

『そりゃ、好きでもないやつにやられたら鬱陶《うっとう》しいけど、好きな子がしてくれるなら何でも嬉《うれ》しいだろ』

「そうかなあ……」

『心配すんなって。お前が何したって、あいつがお前を嫌《きら》いになるなんてことないから』

「兄ちゃん、真面目《まじめ》に相談乗ってくれてる？」

『真面目だって。俺はいつだって真面目だろうが』

「うーん……」

真聖に無条件で頷《うなず》くことはできなかった。正直なところ、不安の残る作戦だ。成功するためには、竜司が裕也を好きだということが前提になっている。

竜司が好意を持ってくれていることは間違《まちが》いないだろうけれど、恋愛のそれかどうかは確かではない。例えば、兄の真聖に雨だからと云って大学まで迎えに来られても、困ってしまう。

（本当に大丈夫《だいじょうぶ》なのかなあ……）

迷いは拭《ぬぐ》えないけれど、実行するかどうかは、自分で決めるしかない。

『いいから、俺を信じろ。怖《こわ》がってたら、何も始まらないぞ。何ごともチャレンジするのが大事なんだよ』

躊躇《ためら》う裕也の背中を、真聖の力強い言葉が押す。

「……わかった。がんばってみる」

裕也は真聖から授《さず》けられた作戦に神妙《しんみょう》に頷き、決意を新たにしたのだった。

5

裕也は迷った末に、真聖のアドバイスを参考に行動してみることにした。真聖の云うように、このまま動かずにいても何も始まらないからだ。

もし、迷惑《めいわく》そうな素振《そぶ》りがほんの僅《わず》かでも見られるようなら、すぐにやめようと決めてある。

大学の合間に、昼休みに手作り弁当を届けたり、予報が外れた雨の日に傘《かさ》を持って迎えに行ったり——そのたびに竜司は喜んでくれはしたけれど、二人の距離が縮まったようには思えなかった。

この間の電話のときに、ムードが高まったように感じたのは気のせいだったのではないかと思えるほどの通常運転ぶりだった。

今日も、オフィスが入っている複合ビルの一階にあるカフェで竜司が仕事を終えるのを待っている。残業が続いているため、デートはなかなかできなくなったけれど、帰り道の短い間だけでも一緒に過ごせたらと思ってのことだ。

竜司に気を遣《つか》わせないよう、迎えに来ていることは伝えていない。もちろん、あんまり遅くなるようなら、見切りをつけて先に帰るつもりだ。

(……でも、ちょっとストーカー入ってるかも……)

どうにか意識してもらえればと、あれこれと手を尽《つ》くしているけれど、やや空回りしている感が否《いな》めない。

「裕也くん、ちゃんと食べてる？」

「あ、はい、いただいてます。でも、本当にいいんですか？」

「いいのいいの。学生のうちは、大人にいい顔させておけばいいのよ」

「すみません、ありがとうございます」

夕食は家ですませてきたため、お茶ですまそうと思っていたのだが、同じ店にいた竜司の会社の女性社員たちがテーブルに誘《さそ》ってくれたのだ。

竜司に会いに足繁《あししげ》く通っているうちに、彼女たちと仲よくなった。

頻繁《ひんぱん》に顔を出している理由は表向き、竜司に就職活動の相談をしているためだということになっている。弁当を届けに来たときに会社の女子社員たちに声をかけられ、竜司がそう説明したのだ。

(普通《ふつう》に考えたら、大学生がしょっちゅう顔を出すってヘンだもんな……)

就職活動の相談をしているのも事実だから、嘘《うそ》ではない。そのときに紹介《しょうかい》されたことがきっかけで、彼女たちはこうして親切にしてくれるようになったというわけだ。

いまも竜司を待っている裕也を気遣《きづか》い、ビルの出入り口が見える席に座らせてもらっている。この位置なら、彼女たちと話をしていても竜司を見逃《みのが》すことはないだろう。

「飲み物空だけど、何か頼《たの》もうか？」

「いえ、もうお腹いっぱいなので」

「そう？　じゃあ、お水もらおうか。あ、すみません、追加いいですか？　チーズの盛り合わせと生を一つと、あとお水を人数分下さい」

「はい、チーズの盛り合わせと生ビールですね。お水もすぐお持ちします」

通りかかったウェイターに、慣れた様子で注文する。

この店は遅くまで営業しており、夜になると軽食やアルコールを出しているため、仕事を終えた会社員が多い。この間は、ここで竜司と食事をして帰った。

「そういえば、就活は捗《はかど》ってる？」

「ええと、ぼちぼちってところです。でも、正直まだ何がしたいのかよくわからなくて」

世の中には、様々な仕事がある。あまりに膨大《ぼうだい》すぎて、自分がそれらの仕事をしているところをリアルに想像できないのだ。

「あー、わかる。私もそうやってだらだらしてたなあ。どうにかこの会社に引っかかったからよかったけど、ゴールがわからないまま進むのって不安だよね」

「あの、何かコツとかありますか？」

助言を求めると、もう一人がアドバイスしてくれた。

「うーん、やりたいことを探すより、できそうなことを探してみたら？　好きだからって適性があるかどうかわからないし。もちろん、好きな分野に適性があるってこともあるけどね。興味がある仕事とかないの？」

投げかけられた質問を自分の中で噛《か》み砕《くだ》き、自分の気持ちを慎重《しんちょう》に口にする。

「竜司さんの仕事してる姿はカッコいいなあって思うんですけど、俺なんかに営業は務まらなさそうだし……」

専門が違《ちが》うため、さすがに同じ会社にとは思っていない。ただ、営業職でバリバリと働く竜司は理想とするビジネスマンの姿だ。

「そうかなあ。裕也くんみたいな男女問わず好かれそうなタイプは重宝されると思うけど。でも、本当に徳久さんのこと尊敬してるのね」

「はい！　小さい頃《ころ》からずっと憧《あこが》れてるんです」

深く考えずに、素直《すなお》に認めてしまったが、問題なかっただろうかと俄《にわか》に不安になった。

(別に怪《あや》しまれたりしないよね……？)

恋心《こいごころ》を吐露《とろ》したわけではないし、身近にいる年上の男性に憧れることはよくあることだ。それに竜司は誰《だれ》もが認めるほど、有能な人物だ。

「憧れるよね、徳久さん。優秀《ゆうしゅう》だし、イケメンだし、性格もいいし。その上、上司の受けもよくて、将来も有望だなんて、ドラマの中にしかいないと思ってた」

「え、もしかして徳久さんに気があるの？」

「そうじゃないってば！　何か、アイドル的って云《い》うか、憧れの先輩《せんぱい》って感じじゃない？　私なんか手が届くわけないもん」

わざとらしく小さく唇《くちびる》を尖《とが》らせて、拗《す》ねた素振りを見せている。女性陣《じん》からは笑いが起こったけれど、裕也の心の内は穏《おだ》やかではなかった。

「あの、やっぱり、竜司さんってモテるんですか？」

「うーん、密《ひそ》かに狙《ねら》ってる子は多いかも。でも、けっこう身持ちが堅《かた》いんだよね。社内一の美人が云い寄っても、さっぱりなびかなかったし」

「そうなんだ……」

竜司がモテるなんてわかりきっていたことだけれど、こうして話を聞くと、複雑な気分になった。静かになった裕也が落ち込んでいると思ったのか、一人がフォローを入れてくれた。

「私は裕也くんみたいな子のほうが好みかなあ。裕也くんだって、女の子からモテるでしょ？」

「え、俺ですか？　俺なんか全然ですよ！」

いきなり水を向けられ、びっくりする。小さい頃、変質者に追い回されることはよくあったけれど、女子からモテたことはない。

（女の子の友達は多いかもしれないけど……）

まるで、同性の友達のように扱《あつか》われていて、異性として意識されているようには感じない。

「本当に？　弟みたいに思っちゃうのかなあ」

「弟、ですか……」

知り合ったばかりの人にまで、そう云われるということは、よほど頼《たよ》りない雰囲気《ふんいき》を醸《かも》し出しているのだろう。

「でも、不思議よねー。あんなにモテるのに、浮《う》いた話一つ聞いたことないなんて」

「徳久さんが恋人《こいびと》にする人ってどんな人なんだろう」

「……っ」

思わず、ぎくりとしてしまう。彼女たちもまさか、いま目の前にいる裕也が竜司の恋人だとは思いもしないだろう。

「才色兼備《さいしょくけんび》のキャリアウーマンとか？　相当の美人じゃなきゃ、並んで歩けないもんね」

「――――」

何気ない言葉が、裕也の胸に突《つ》き刺《さ》さる。

（並んで歩けない、かあ……）

一般《いっぱん》的な評価だということはわかっているけれど、自分では似つかわしくないと云われているようで胸が痛かった。

「ホントかどうかわかんないけど、ずっと好きな相手がいて諦《あきら》めきれないから恋人を作らないって聞いたことある」

「え!?」

裕也の心を代弁するかのような質問が左右から飛んでくる。

「それ、徳久さんが云ってたの?」

「本当だったら、ちょっと夢見がちすぎない?」

「ううん、告白して振《ふ》られた子がそう云われたって噂《うわさ》。又聞《またぎ》きだから、話盛られてる気もするけど……裕也くん、何か知ってる?」

「い、いいえ、俺は……」

裕也には、まったくの初耳だった。

ずっと、好きな相手とはいったい誰のことなのだろう。諦められないということは、その人はしつこく纏《まと》わりついているような自分ではないはずだ。

でも、他《ほか》に好きな人がいるのなら、何故《なぜ》、裕也とつき合ってくれているのだろうか。脳裏《のうり》に浮かんだ疑問に、裕也ははっとした。

(もしかして、『責任』ってつまり『義務』ってこと……?)

あの朝、竜司は『責任は取る』と云っていた。

いま裕也と『つき合って』くれているのが、酔《よ》った勢いで抱《だ》いたことへの『義務』だとしたら、納得《なっとく》が行く。責任感や正義感の強い竜司には、なかったことにはできなかったのだろう。

「………」

ずんと胃のあたりが重くなる。もしかしたら、自分はとんでもないことをしてしまったのではないだろうか。夢ばかり見て、現実を見ていなかった。

地面にめり込みそうなほど落ち込んでいたら、口数の少なかった一人が冷静な声で意見した。

「でも、本当かどうかはわかんないよね。振られた子の作り話かもしれないし」

「そんな作り話する必要があるんですか？」

顔を上げて訊《たず》ねると、彼女たちは思わせぶりに笑っていた。

「だってほら、そういう理由があるなら、自分に魅力《みりょく》がないせいで振られたわけじゃないって云えるじゃない？」

「はあ……」

「女は色々面倒《めんどう》なのよ」

いまいち、理解できなかったけれど、事実かどうかわからないなら、結論を出すのは先送りしたほうがよさそうだ。

(竜司さんに訊《き》くのはまずいかな……)

まったくの作り話なら笑い飛ばされるだけですむけれど、もしも事実なら余計に気まずくなってしまう。頭を悩《なや》ませていたら、不意に視界が遮《さえぎ》られた。

「楽しそうだけど、何の話してるんだ？」

「芦原《あしはら》さん！」

視界が遮られたと感じたのは、裕也の正面で誰かが足を止めたからだった。

「お前ら、どこでそんな若い子捕《つか》まえたんだ？」

「人聞き悪いこと云わないで下さいよ。この子は徳久さんの知り合いの子です。就活の相談とか乗ってたのよね」

「あ、はい、そうなんです」

「そうなんだ。ふぅん、徳久のね。君、よかったら俺も相談に乗るよ」

「え？　あ、ありがとうございます」

見上げてまず目に入ったのは、やけに派手なネクタイとよく磨《みが》かれたタイピンだった。濃《こ》い彫《ほ》りの深い顔立ちで、その立ち姿からは自信が溢《あふ》れている。

（竜司さんと同じ部署なのかな……？）

「ああ、これ名刺《めいし》」

呼び捨てにしているということは、それなりに親しい証拠《しょうこ》だろう。

「あ、わざわざすみません」

スーツの内ポケットから、名刺入れを取り出す様もスマートだった。指の間に挟《はさ》まれた名刺を立ち上がって受け取る。

「君の連絡《れんらく》先も念のため訊いておいていいかな？」

「あ、はい、ちょっと待って下さい」

　アンケート用に置いてあったボールペンで、店のナプキンに電話番号を書き記して渡《わた》す。初対面の相手に個人情報を渡すことには些《いささ》か躊躇《ちゅうちょ》したけれど、竜司の同僚《どうりょう》なら心配することもないだろう。

「志望の業種は？」

　芦原は誰《だれ》に訊《き》くことなく、裕也の正面の椅子《いす》を引いて座る。ビルの出口が見えにくくなってしまったけれど、そこをどいてくれとは云いにくい。

「まだ、考え中なんです」

「ウチを受ける気はないの？」

「いえ、俺は理系じゃないんで、ちょっと難しいと思います」

　竜司たちの会社は営業職でもそれなりの知識を求められるため、理系の学生を採用しているとのことだった。

「それは残念。ウチなら細かいアドバイスをしてあげられたのに。ああ、白のハーフボトルとグラス人数分頼《たの》む」

「かしこまりました」

　芦原は手を挙げてウェイターを呼び、注文する。グラスを人数分と聞き、先に断りを入れておくことにした。注がれたあとに固辞するのは忍《しの》びない。

「あ、あの、俺、お酒はちょっと……」

「大学生なのに、全然飲めないの？」

「えっと、まあ、そんなところです」

竜司がいないところでは飲まないと約束した。それを破るわけにはいかない。

本当は飲めないわけではなかったけれど、この場ではそう云《い》っておいたほうが角が立たないだろうと思い、口を濁《にご》す。

「試《ため》しに一口飲んでみたら？　アルコールって、慣れの問題もあるし」

運ばれてきたボトルを受け取った芦原は、自らワインを注ぎ分ける。

「いえ、本当に遠慮《えんりょ》しておきます。ご迷惑《めいわく》かけることになるかもしれませんし」

「酔っ払《ぱら》っちゃったら、送ってあげるからさ」

「そんな、とんでもないです！」

初対面の人に、そこまで甘えられない。

「芦原さん、あんまり無理に勧《すす》めなくてもいいんじゃないですか？　裕也くん、さっきお腹いっぱいって云ってたし」

「一口くらい、大したことないだろう。酒の味を覚えておくことも勉強だと思うけどな、俺は」

女子社員の一人が助け船を出してくれたことにほっとしたのも束《つか》の間、芦原はやや気分を損《そこ》ねてしまったようだった。雰囲気《ふんいき》が悪くなってしまったことに罪悪感を覚える。

（こういうときって、飲んでおいたほうがいいのかな……）

竜司との約束は破りたくないけれど、よくしてくれた人の立場が悪くなっているこの状況《じょうきょう》は心苦しい。さっきまでは和気藹々《わきあいあい》と話をしていたのに、重苦しい沈黙《ちんもく》が漂《ただよ》っている。

こうなってしまったのは、裕也の責任だ。一杯《いっぱい》くらいならと、意を決して、グラスに手を伸《の》ばそうとしたその瞬間《しゅんかん》、肩《かた》を誰かに摑《つか》まれた。

「裕也、待たせたな」

「竜司さん！」

竜司は裕也が気づかぬうちに、出てきていたらしい。どうしてここにいるのがわかったのだろうかと疑問に思ったけれど、竜司に目配せをされて黙《だま》り込む。

「残業終わったのか、徳久。毎日、遅《おそ》くまでご苦労だな」

「仕事だからな。それより、芦原。まさかこの子に酒を勧めたわけじゃないだろうな？」

見上げた竜司の表情は、裕也でさえ息を呑《の》むほど剣呑《けんのん》なものだった。

「ちょ、ちょっと飲んでみたらって云ってただけだよ。何、怖《こわ》い顔してるんだ」

「二度とそんな真似《まね》はするな。人が嫌《いや》がることはするなって習ったことくらいあるだろう？」

「……ッ」

口調は穏《おだ》やかだけれど、反論を許さない響《ひび》きだった。さっき以上に、空気が張り詰《つ》めている。

「裕也、帰るぞ」

「う、うん。あの、ごちそうさまでした。また今度、お礼させて下さい」

竜司に促《うなが》されて立ち上がった裕也は、皆《みな》に向かって頭を下げる。

「いいのいいの、気にしないで。誘《さそ》ったのは私たちなんだし」

「君たちもそろそろ帰ったほうがいいんじゃないか？　このあと、天気が崩《くず》れるって予報が出てたけど」

「え、ホントですか？　じゃあ、そうしたほうがいいかも。芦原さん、私たち、お先に失礼しますね」

そう云って、女子社員たちも全員席を立った。一人残されることになった芦原が、戸惑《とまど》った様子でワインのボトルを持ち上げる。

「え、おい、これどうするんだ」

「ま、待ってよ、竜司さん！」

裕也は竜司に手を引かれ、店の外へと連れ出された。夜の冷えた風が、体に纏《まと》わりつく。さっきの竜司は表向きは笑顔《えがお》だったけれど、心からの笑みではなかった。いまも背中から不機嫌《ふきげん》なオーラが漂ってきている。

痛いほどに強く摑まれた手を解く余裕《よゆう》もないまま、竜司の速度に追いつこうと歩調を速めるけれど、気が急《せ》くせいか足が縺《もつ》れそうになってしまう。

「竜司さん、待って、手ぇ痛い、痛いってば！」

「――――」

語気を強めて云うと、ようやく竜司の足が止まった。ふっと手首の締《し》めつけが緩《ゆる》み、繋《つな》がれていた手が離《はな》れる。無意識に手首を擦《さす》ろうとした瞬間、竜司の指のあとがうっすらと赤く残っていることに気がついた。

竜司が裕也に不機嫌なところを見せるのは、本当に珍《めずら》しいことだ。どんなに不愉《ゆ》快《かい》なことがあっても、自分には優《やさ》しい顔を見せてくれていた。

「ごめんなさい……。やっぱ、待ってたの迷惑だったよね？」

少しでも空気を軽くしたくて、苦笑いを浮《う》かべる。けれど、裕也の苦い表情はそのままだった。

「お前に対して怒《おこ》ってるわけじゃない」

「じゃあ、何で――」

さらに追及《ついきゅう》しようとしたけれど、女子社員たちが小走りでこちらに向かってくるのが見えて、口を噤《つぐ》んだ。

「徳久さん、すみません、お会計して下さってたみたいで。あの、いくらでしたか？」

どうやら、竜司は裕也たちのテーブルに来る前に、会計をすませてくれていたらしい。会話に夢中で、まったく気づかなかった。

「いいよ、気にしないで。裕也の相手をしてくれたお礼ってことで」

さっきまでの不機嫌さが嘘《うそ》だったかのように、にこやかに応対している。上辺だけの笑みだということに気づいているのは、裕也だけだろう。

「いいんですか？」

「たまにはいい格好しておかないとな」

「今日は甘えさせていただきますね。あと、芦原さんのこともありがとうございました」

「面倒《めんどう》なことになったら、俺に云ってくれればいいから。じゃあな、もう遅いから気をつけて帰れよ」

「はい、ごちそうさまでした！」

彼女たちは口々に礼を云い、駅のほうへと去っていった。また二人きりになり、重苦しい沈黙が降りる。一旦《いったん》、話が途《と》切《ぎ》れたせいで、切り出しにくくなってしまった。

竜司に訊《き》きたいことが多すぎて、何から云えばいいのかわからない。そんな中、先に口を開いたのは竜司だった。

「あいつに何かもらってたな？　見せてみろ」

「あいつって芦原さんのこと？　もらったのは、ただの名刺《めいし》だけど……あっ」

ポケットから芦原の名刺を取り出した瞬間、竜司にそれを取り上げられた。そして、淡々《たんたん》と命じられる。

「こいつには近づくな。ろくでもない男だからな」

「で、でも、俺にも親切にしてくれて、すごくいい人だったよ？」

芦原のほうは竜司と親しい様子だったけれど、そうではなかったのだろうか。

（さっきも怖い顔してたし……）

真聖とはよく憎《にく》まれ口を叩《たた》き合っている。友人とは押し並べてそういうつき合いをするのだろうと思っていたのだが、竜司の物云いを聞く限り、むしろ快く思っていないように見える。

「それは上辺だけだ。お前は俺とあいつとどっちを信用するんだ」

「そりゃ、どっちって云われたら竜司さんに決まってるけど……」

「だったら、これは必要ないな？」

「あ！」

竜司は芦原の名刺をびりびりと破り、近くのゴミ箱に捨ててしまう。ひらりと舞《ま》い落ちた一片すら拾い上げ、残らず処分した。

こんな強硬《きょうこう》な態度に出られたのは初めてのことで、裕也は唖然《あぜん》とするしかなかった。表情を強張《こわば》らせている裕也に、竜司は気まずそうに云い訳をする。

「こうするのが、お前のためなんだ」

「俺のためって――」

以前は守られてるばかりの子供だったけれど、いまは違《ちが》う。竜司が心配してくれる気持ちはありがたいが、そんなにも信用されていないのかと悲しくなった。

（歳の差は、もうどうしようもないのかな）

どんなにがんばっても、生まれてきた時間を変えることはできない。十年後も二十年後も、十五歳の歳の差は縮まることはないのだ。

それでも、精神年齢《ねんれい》が近づけば、何か変わるだろうと思って努力してきた。けれど、竜司の中の裕也に対する意識を変えることは難しいように思えてきた。

もしかしたら、一緒《いっしょ》に過ごしてきた時間の長さが仇《あだ》となっているのかもしれない。そんな後悔《こうかい》をしても、すでに後の祭りだ。誰《だれ》にも時間を巻き戻《もど》すことはできないのだから。

肩を落として悄然《しょうぜん》としている裕也に、竜司はさらなる追い打ちをかけた。

「お前の気持ちはありがたいが、もう会社には来るな」

「……え……」

いきなり後頭部を殴《なぐ》られたようなショックを受け、目の前が真っ暗になる。

「俺もしばらく忙《いそが》しいし、何時に退社できるかわからない日が続くと思う。デートなら、週末にゆっくりすればいいだろう？　お前だって、大学があるんだから毎日無理して来なくてもいい」

「無理なんかしてないよ！　ちょっとだけでも会えたらなって思って……」

「その気持ちは俺も同じだ。お前の顔を見られるのは嬉《うれ》しい。けど、そんなに焦《あせ》らなくたっていいだろう？」

「――」

諭《さと》すように強く云《い》い含《ふく》められ、反論できなかった。裕也は俯《うつむ》き、唇《くちびる》を噛《か》みしめる。

自分の行動は、やはり鬱陶《うっとう》しかったのかもしれない。きっと、竜司が喜んでくれていたのは、裕也に気を遣《つか》ってのことだったのだ。

悪意からの迷惑行為《めいわくこうい》なら拒《こば》みようがあるけれど、善意に基《もと》づく場合、断るのは難しい。余裕のあるときなら微笑《ほほえ》ましく見ていてくれたのかもしれないが、仕事が多忙《たぼう》な時期には重荷だったのだろう。

(嫌《きら》われた？　それとも、呆《あき》れられた？)

辿《たど》り着いた可能性に、すうっと胸が冷えていく。どうして、自分はこうも空回りしてしまうのだろう。

真聖のアドバイスがいけなかったわけではない。誰だって、プレゼントをもらうのは嬉しいだろう。けれど、それが毎日続けば迷惑《めいわく》になってしまう。つまりは、そういうことだ。

こうやって、結果が出るまで突《つ》っ走《ぱし》ってしまうのは、裕也の悪い癖《くせ》だ。小さい頃《ころ》から、いつもそれで失敗する。これまでは周囲の人たちがフォローしてくれていたけれど、それは裕也が子供だったからだ。

大人になるということは、自分の尻拭《しりぬぐ》いは自分でしなければならないということだ。そのことの意味を、こんなことで実感することになるなんて思いもしなかった。

「いつまで、そんなとこに突っ立ってるんだ？　ほら、帰るぞ」

「……一緒に帰っていいの？」

思わぬ呼びかけをされ、立ち尽《つ》くしていた裕也は目を瞬《またた》いた。

「当たり前だろ？　別々に帰ってどうするんだ」

「そ、そっか、そうだよね……」

竜司の言葉に、少しだけほっとする。こうして手を差し伸《の》べてくれるということは、まだ見捨てられていないということだ。

「わ……ッ」

不意に強い風に煽《あお》られ、肩《かた》を竦《すく》める。そういえば、さっき竜司が天気が崩《くず》れる予報が出ていると云っていた。昼間が暖かかったから薄着《うすぎ》で来てしまった。地面から這《は》い上がってくる冷気にぶるりと震《ふる》えると、ふわりと首にマフラーをかけられた。

「風邪《かぜ》引きやすいんだから、いつも暖かくしとけって云ってるだろ」

「あ…ありがと……」

温《ぬく》もりの残るカシミヤの感触《かんしょく》に、涙《なみだ》が出そうになる。いまは竜司の優しさが、胸に痛い。

並んで歩いている間も、いつものような会話はなかった。ぎこちない空気の中、踏《ふ》み出す足も重たく感じる。

そうやって駅に向かう道のりの途中《とちゅう》、竜司がぽつりと呟《つぶや》いた。

「——後悔してるんじゃないか？」

「え？」

唐突《とうとつ》に切り出された言葉の意味がわからず、訊き返す。血の気が引いていく。握《にぎ》り込んだ指先は、氷のように冷たくなっていた。

「やめてもいいんだぞ」

「何云ってんの、竜司さん……」

唐突な問いかけに、頭が回らない。ぽかんと間抜《まぬ》けな顔をしている裕也に、竜司は言葉を重ねる。

「いまの関係が重いなら、元に戻ってもいいって云ってるんだ」

「ちょ、ちょっと待って。俺は辛《つら》いなんて思ってない」

思わず足を止める。混乱して、考えが上手《うま》くまとまらない。

「一度、よく考えてみたほうがいい。俺のことがストレスになってないかどうか。自覚がないだけかもしれないしな」

「俺の気持ちを勝手に決めつけないでよ！」

「決めつけてるわけじゃない。提案をしてるんだ。俺とつき合い始めてから、そういう顔ばっかりしてるだろう？」

「……っ」

竜司の指摘《してき》に、顔を強張らせた。できるだけ顔には出さないようにしていたつもりだけれど、長年のつき合いの竜司はごまかせなかったようだ。

「俺を好きだと云ってくれてるのは嬉しい。けど、それがどういう種類の気持ちなのか、もう一度きちんと考えてみろ」

「いっぱい考えたし、勘違《かんちが》いもしてないよ！」

「じゃあ、どうして俺が触《ふ》れようとすると怯《おび》えるんだ？」

「それは――」

怯えているからあんな反応をしているわけではない。しかし、原因がわからない以上、裕也にも説明することができず、押し黙《だま》るしかなかった。

「裕也、お前を責めてるわけじゃない。ただ、後悔しているなら、一度リセットしてみてもいいんじゃないか？」

「――」

竜司の云いたいことはわかる。それでも、『わかった』と云えなかったのは、本当にやり直せるかどうか不安だったからだ。リセットしてしまった時点で、何もかも終わってしまう可能性だってある。そう考えたら、踏み出す足も竦んでしまう。

「……後悔してるのは、竜司さんのほうじゃないの？」

ずっと訊《き》かずにいた問いを、口にしてしまった。すぐ後悔したけれど、一度発してしまった言葉は取り戻せない。竜司の返事を固唾《かたず》を呑《の》んで待つ。

そんなことない――そう云って否定して欲しいという願いは、あっさりと裏切られた。

「そうかもしれないな」

「……ッ」

血の気が引いていく。立っている場所は変わっていないはずなのに、急に足下《あしもと》が不安定になったかのような錯覚《さっかく》を感じる。

そんな裕也に追い打ちをかけるような言葉が続いた。

「……悪い。やっぱり、一人で帰ってくれ。俺は少し頭を冷やしてから帰る」

「え？」

竜司は通りでタクシーを捕《つか》まえると、裕也を後部座席に押し込んだ。そして、運転手に行き先を告げて、過分と思えるほどの額を渡《わた》す。

「これでお願いします」

「ちょっ、話が終わってないのに」

慌《あわ》ててタクシーを降りようとしたけれど、竜司に制止された。

「危ないから頭引っ込めろ」

「竜司さん、俺は――」

「仕事が落ち着いたら、連絡《れんらく》する。運転手さん、行って下さい」

「竜司さん！」

必死に呼びかけたけれど、竜司は表情を強張《こわば》らせたまま返事はしてくれなかった。

「お客さん、出していいですかね？」

「……お願いします」

困った様子で問われ、竜司を追いかけるのは諦《あきら》めた。きっと、いま追い縋《すが》ったところで逆効果でしかない。頭を冷やす必要があるのは、裕也も同じだ。

流れていく窓の外へと視線を投げる。楽しげに笑い合いながら歩くカップルの姿が羨《うらや》ましくて堪《たま》らない。

(後悔《こうかい》、か……)

心の中で、口にしてしまった言葉を反芻《はんすう》する。完全に竜司とは心がすれ違《ちが》ってしまっていた。何をしても裏目に出るし、口を開けば失言だ。けれど、他《ほか》にどう云えばよかったのだろう。

どんなに考えても答えは出てこない。いまはただ、ため息しか出てこなかった。

「…………」

裕也の頭の中には、ずっとあの日の竜司の言葉がこびりついていた。

――後悔してるんじゃないか？

あの問いかけに動揺《どうよう》してしまったのは、その気持ちがまったくないわけではなかったからだ。

竜司に告白したこと自体は後悔していない。だけど、それだけで終わらせておけばよかった。余計な欲《よく》を出さなければ、竜司に迷惑《めいわく》をかけることもなかったのにという思いが裕也の頭からずっと消えずに残っていた。

もうけりをつけたほうがいい。これ以上、纏《まと》わりついて嫌《きら》われるくらいなら、何もかも終わりにするべきだ。悩《なや》み続けているうちに、だんだんとそんな結論に気持ちが傾《かたむ》いてきていた。

そもそも、竜司が自分の告白にＯＫしてくれたこと自体、奇跡《きせき》のようなことだったのだ。一ヶ月は恋人《こいびと》でいられたのだから、もう思い残すこともない。

（でも、竜司さんにどう云《い》ったらいいんだろう……）

あれから、連絡すらできていない。電話をかける勇気はなく、せめてメールを打とうとしたものの、文面が思いつかず断念した。

6

このまま疎遠《そえん》になり、自然消滅《しょうめつ》という形もあるかもしれない。だが、家族同士のつき合いがあり、実家も隣同士《となりどうし》の竜司と会わずにいられるとは思えない。

からかいの種になるほど、竜司について回っていた自分が距離《きょり》を取るようになったら、それぞれの両親にも怪《あや》しまれるだろう。

「あー、もう、どうしたらいいんだよ」

自分がもっと竜司の恋人に相応《ふさわ》しい人間だったら、こんなふうに悩むこともなかったのかもしれない。しかし、そんな『もしも』を考えたところで意味はない。

次の講義までの時間を大学のカフェテリアで、ため息を吐《つ》きながら過ごしていたら友人の声がした。

「あれ？　榎本ってこの時間講義入れてなかったっけ？」

声をかけてきたのは、高校からの同級生で大学でも同じクラスの青木《あおき》だった。剣道《けんどう》部だったこともあり、顧問《こもん》に頼《たの》まれて指導に来ていたＯＢの真聖や竜司とも顔見知りだ。親しくなったのは、裕也が真聖の弟だと青木が知ったことがきっかけだ。

「休講になってたから時間潰《つぶ》してる。青木こそ、今日は来るの早くない？」

いつも、講義開始ぎりぎりに教室に滑《すべ》り込んでくるのが常だ。一人暮らしをしているアパートが大学のすぐ裏のため、早めに家を出る気にならないのだそうだ。

今日も青木の後頭部には、ついさっきまで寝《ね》ていたのだろうと思《おぼ》しき派手な寝癖《ねぐせ》が残っている。

「今日の飲み会の面子探しに来たんだ。さっきドタキャンが入ってさ、誰《だれ》かピンチヒッターになってくれないかなと思って。予約してあるから、揃《そろ》ってなくても人数分取られるんだよな～」

その気さくな性格故《ゆえ》か顔が広く、よく飲み会の幹事をしている。そういった手配をするのが好きな質《たち》でもあるようで、よく声をかけている姿を見かける。

青木たちが予約した店は、駅前の安い居酒屋だろう。学生向けのコースがあり、前日までに予約しておくとかなり安くなるのだが、その代わりキャンセルは利《き》かない。

「あ、そうだ。榎本、お前どうだ？　夕方から暇《ひま》じゃない？」

「俺？」

「飲み会っつーか、黒田《くろだ》の誕生祝いなんだけど。あ、お前、酒飲まないし、女子料金にしとくからさ」

「誰が来るの？」

「いつもの面子だよ」

挙げられた名前は、よく知った人たちばかりだった。合コンには行く気にならないが、誕生祝いなら断る理由はない。

「うーん……いいよ、行っても」

逡巡《しゅんじゅん》したあと、OKした。普段《ふだん》はあまり参加しないけれど、いい気分転換《てんかん》になるかもしれない。一人でうじうじ考えていても、同じ場所で足踏《あしぶ》みしているようなものだ。それにいまは少し人恋《ひとこい》しかった。友人と他愛《たあい》もない話をして、気を紛《まぎ》らわせるのも悪くない。

「やっぱダメか〜…って、え⁉　来てくれんの⁉」

断られると思っていたのか、青木は派手に驚《おどろ》いていた。

「うん、俺でよければ」

「マジで⁉　やったー！　すげー助かる‼　ありがとう‼」

手を握《にぎ》られ、過剰《かじょう》とも云えるほど喜ばれた。その勢いに腰《こし》が引ける。

「ど、どういたしまして……」

「でも、珍《めずら》しいな。飲み会出るの、酒飲まされるのが嫌《いや》だって云ってたのに。それに先輩《せんぱい》たちも厳しいんじゃなかったっけ？」

「いや、ほら、俺ももう二十歳《はたち》になったし、いつもつき合い悪いからたまにはと思って。兄ちゃんだって、もうそこまで口うるさくないよ」

大学で誘《さそ》われる飲み会への参加を渋《しぶ》っていたのは、最初の数回、無理に酒を勧《すす》められそうになったからだ。正直、あの収拾《しゅうしゅう》のつかないテンションの高さは苦手だ。

「お前、誕生日いつだったっけ？」

「先月だけど」

「そうだったっけ？　悪い、すっかり忘れてた。一緒《いっしょ》に榎本の誕生祝いもしよーぜ。みんなにそう云っておくから」

「い、いいよ、俺のことは」

気持ちはありがたいが、一月も前の誕生日を祝われるのは気恥《きは》ずかしい。

「いいから、いいから。めでたいことは祝っておかないと！　あ、やべ、ちょっと俺、事務室に呼び出されてたんだわ。じゃあ、またあとで教室でな」

青木はそう云って、忙《せわ》しなく行ってしまった。再び、カフェテリアには静けさが戻《もど》る。

「忙《いそが》しいやつ……」

小走りでカフェテリアをあとにする友人の背中を見送る。詳《くわ》しい時間を訊《き》きそびれてしまったけれど、このあとの講義が一緒だからそのときに教えてもらえばいい。

「飲み会なんて久々だな……あ、そうだ」

家に遅《おそ》くなることを連絡《れんらく》しておかなくては、夕飯が無駄《むだ》になってしまう。周りに人がいないことを確認《かくにん》し、携帯電話《けいたいでんわ》を取り出す。

『はい、榎本です』

「あ、母さん？　あのさ、今日、飲み会に誘われたから、俺のぶんの夕ご飯はいいから」

『あら、珍しいわね』

「今日、友達の誕生日なんだって。ちょっとだけ顔出してくる」

『そうなの。あんまり遅くならないようにね』

「うん。ほどほどで帰るよ」

いつもの流れなら、二次会、三次会と続くだろうが、一次会だけで帰るつもりでいる。二次会で誘われるカラオケは苦手だし、徹夜《てつや》も得意ではないからだ。

『そういえば、竜司くんにこの間のタクシーのお礼した？　メールくらいしときなさいよ』

「わ、わかってるよ」

何気ない母の言葉に動揺してしまった。竜司との間に何があったのか、気づくわけもないけれど、名前を聞いただけで後ろめたさが込み上げる。

『そうそう、竜司くんにたまにはウチにご飯食べに来てねって伝えておいてね。あ、お客さんみたいだから切るわね』

「あっ、ちょっと母さん!?」

電話は一方的に切られてしまった。我が母ながら、相変わらずマイペースだ。通話が断《た》ち切られた携帯電話を見つめ、ため息を吐く。

「……メールか……」

そんなの、何度送ろうと思ったかわからない。いまさら、礼だけを書いて送るのも白々しいし、他《ほか》に書くこともない。

竜司はあのとき『連絡する』と云《い》ってくれた。とりあえず、それを待つしかないだろう。

「わっ」

カバンにしまおうとしたその瞬間《しゅんかん》、携帯電話がメールの着信を知らせてきた。手の中で突然《とつぜん》振動《しんどう》を感じ、びくりとしてしまう。

（まさか……）

緊張《きんちょう》しながらメールを開くと、その送信者は真聖だった。竜司からのものではなかったことに、ほっとするような、残念なような、複雑な気持ちになる。

「兄ちゃんか……」

竜司との一件は、真聖にも告げられていない。せっかく、相談に乗ってもらっていたのに、いい結果が出なかったとは云いにくかった。

兄からのメールの内容は、案の上『その後、どうだ？』といったものだった。兄なりに心配してくれているのだろう。

念のため、真聖には報告しておいたほうがいいかもしれない。

詳しいことまでは書かないまでも、竜司に迷惑《めいわく》がられてしまったことくらいは伝えておくべきだろう。自分のいないところで不用意な発言をされたら、面倒《めんどう》なことになってしまう。

あんまり上手《うま》くいかなかったみたい——真聖への報告は、そんなふうに言葉を濁《にご》しておいた。

今日の飲み会は内輪の誕生日会のはずだったけれど、途中《とちゅう》で店にやってきた先輩たちのグループも加わり、最終的にはかなりの人数になっていた。

畳敷《たたみじ》きの座敷《ざしき》を丸々占領《せんりょう》しての酒宴《しゅえん》は、想像どおりの騒《さわ》がしさになっている。いつもと違《ちが》うのは、その騒ぎの中に裕也も混じっているということだ。

初めはそれなりに自重していたものの、飲み進めるうちに歯止めがかからなくなってしまった。

何度も『おめでとう』と一月前の誕生日を祝われ、乾杯《かんぱい》を繰《く》り返しているうちに酔《よ》いが回ってきた。

「あ、もう空？　すみませーん、おかわりお願いしまーす」

「おい、榎本、さすがに飲みすぎだろ」

初めのうちは珍しくノリのいい裕也を面白《おもしろ》がって飲ませていた青木だったけれど、ぐいぐいと飲み続ける裕也に心配顔になってきていた。

「いいじゃん、もう俺だって大人なんだからさ。青木だってそう云ったじゃん」

「云ったけど、正体をなくせとは云ってない。飲むようになったの、最近なんだろ？　これ以上はやめとけ。お前、さっきから酒ばっかかじゃねーか」

「大丈夫《だいじょうぶ》だって、ウチの家系酒強いし。青木ももっと飲もうよ。はい、かんぱーい」

青木に空のグラスを持たせ、無理矢理《むりやり》グラスをぶつけて乾杯する。

「ちょっ、榎本！　あーあ、まさか絡《から》み酒だったとはなあ……。潰《つぶ》れたら、どうすんだよ」

青木はため息混じりにぼやいている。

まともに酒を飲んだのは、この間の誕生日が初めてだ。そして、今日はあの日以上杯《はい》を重ねている。ジュースのような口当たりのサワーは、抵抗《ていこう》なくぐいぐいと飲めてしまう。

(体がふわふわする)

これが酔っている感覚だろうか。お風呂《ふろ》で逆上《のぼ》せたみたいに、体が熱い。サワーが喉《のど》を通りすぎていくときは冷たさを感じるのに、すぐに熱に変わっていく。

飲めば飲むほど、頭の中がぼやけてくる。この瞬間だけでも、憂鬱《ゆううつ》な気分から解放されたいという気持ちもあった。

「好きに飲ませてやれよ。痛い目見るのも経験だろ？」

「そうかもしれませんけど……」

口を挟《はさ》んできたのは、途中から合流してきた先輩の一人だった。確か、青木と同じサークルで細田《ほそだ》という名前だった気がする。

以前、キャンパスで青木と一緒にいるときに声をかけられた。サークルへの勧誘《かんゆう》もされたけれど、ウィンタースポーツには興味がなかったため断った。

「潰れたら、俺が送っていってやるよ」

「え、いいんですか？　でも、先輩《せんぱい》にそこまでしてもらうわけには……」

「気にすんなよ。誕生祝いに割り込んだのは俺たちのほうだし、そのくらいの責任は取る」

「責任？」

耳にした単語にぎくりと反応してしまったのは、いま一番裕也を悩《なや》ませている言葉だからだ。

アルコールに浸《つ》かってぼんやりとしていた意識が、幾分《いくぶん》かはっきりする。

ぐらつかせていた頭を持ち上げ、細田に詰《つ》め寄った。

「責任ってどういう意味ですか？　どうして、先輩が俺に責任持つんですか？　俺が年下で頼《たよ》りないから？」

「どうした、いきなり」

「答えて下さい」

酔った勢いで追及《ついきゅう》すると、細田は笑いながら答えた。

「そりゃ、先輩だからだよ。後輩《こうはい》の面倒を見て当然だろ？」

「でも、先輩は青木の先輩であって、俺の先輩じゃないですよね？」

話をするのはこれで二度目だし、直接の関係はない。

「後輩の友達は後輩だよ。ていうか、榎本だって俺のこと先輩って呼んでるだろ。酔っ払《ぱら》いは難しいこと考えなくていいんだよ」

「────」

「あー、すいません細田先輩。こいつ、飲み慣れてないから。ほら、この烏龍茶《ウーロンちゃ》飲んどけ」

「いまいらない」

「いいから飲め！」

氷の溶《と》けかかった烏龍茶のグラスを押しつけられ、渋々《しぶしぶ》と口をつける。あんなに飲んでいるにもかかわらず、喉が渇《かわ》いていたようで一気に飲み干してしまった。

「……あの、悪いんですけど、ちょっとこいつ任せていいですか？　実はさっきからトイレ行きたくて」

「いいよ、早く行ってこい。むしろ、ここで漏《も》らされたら困る」

「すみません！　すぐ戻《もど》ってくるんで！」

相当我慢《がまん》していたのか、青木はダッシュでトイレへと向かっていった。ずっと相手をしてくれていた青木がいなくなり、急に心細くなる。

「眠《ねむ》そうな顔してるけど、大丈夫？」

「あ、はい」

「無理しないでいいから。俺に寄りかかってたら？」

「いえ、本当に大丈夫です」

「いいから」

細田はそう云って、強引《ごういん》に肩《かた》を抱《だ》き寄せてくる。酔っているせいで体に力が入らず、なされるがままになる。大丈夫だからと体を起こそうとしたそのとき、耳元で何やら囁《ささや》かれた。

「これ終わったら、俺の部屋に来いよ。ここから近いんだ」

「え？」

「少し休んでいけば酔いも醒《さ》めるだろうし、何なら泊《と》まっていってくれてもかまわないし」

「みんな行くんですか？」

何故《なぜ》、先輩の部屋に行かなくてはいけないのか理解できず、怪訝《けげん》な顔をしてしまう。

「みんなは二次会に行くんじゃないか」

「でも、俺、家に帰らないと」

母や兄にも、あまり遅《おそ》くなるなと云われている。こういう理由を口にすると、マザコンだのブラコンだのとからかわれるけれど、まだ学生で親に面倒を見てもらっている立場である以上、無闇《むやみ》に心配はかけられない。

「うん。だから、送っていってあげるよ。ウチで酔いを醒ましたあとに」

心なしか、肩に触《ふ》れている細田の手が不快に感じる。顔の距離《きょり》が近いのが嫌《いや》で離《はな》れようとするけれど、意外に強い力で摑《つか》まれていて、簡単には振《ふ》り払《はら》えなかった。

(何か、やだ)

ざわりと鳥肌《とりはだ》が立った。この不快感は覚えがある。幼い頃《ころ》、見知らぬ男に話しかけられたときと同じ恐怖《きょうふ》の感情だ。

友人の先輩に対して、そんな気持ちを抱《いだ》くなんてどうかしている。気のせいだと自分に云《い》い聞かせようとしたその瞬間《しゅんかん》、ものすごい力で引き剥《は》がされた。

「……っ」

「な、何なんだあんた⁉」

突然《とつぜん》のことに、細田も面食《めんく》らった様子だった。それ以上に面食らっていたのは、裕也のほうだ。

「竜司さん⁉　何でこんなとこに……」

信じられない人の姿に、酔いが醒める。何度も目を瞬《またた》いてみたけれど、竜司の姿が目の前から消えてなくなることはなかった。

どうして、竜司はいつも裕也が困っているときに現れてくれるのだろう。あまりのタイミングのよさに呆然《ぼうぜん》としてしまう。

「真聖からお前が飲み会に行くって聞いたから、迎《むか》えにきた。まったく、いったいどれだけ飲んだんだ？」

「……ごめんなさい……」

飲み会の件は、昼に真聖とメールをやりとりしたときに書いておいたのだが、まさか竜司にまで伝わるとは思っていなかった。

我に返ったらしい細田が、竜司との間に割って入ってくる。

「あんた、誰だよ。いきなり何なんだ」

「この子の保護者だ。裕也は俺が連れて帰る」

「ちょっ、おい待てよ…っ」

他の面子はそれぞれで盛り上がっているようで、こちらの様子には気づいていない。竜司の高圧的な態度が癇に障《さわ》ったようで、細田はいまにも摑みかかりそうな雰囲気《ふんいき》だった。

「何？　どうかした？」

ちょうどそこへ、青木がトイレから戻ってきた。状況《じょうきょう》を把握《はあく》できず困惑《こんわく》しているようで、怪訝な顔で裕也と細田の顔を見比べている。

「何だ。青木、お前も一緒《いっしょ》だったのか」

「え⁉　あ、徳久先輩⁉」

いままで竜司の姿が目に入っていなかったらしく、飛び上がらんばかりに驚《おどろ》いている。反射的に背筋が伸《の》びたのは、部活動での条件反射だろう。剣道《けんどう》部での上下関係は絶対だ。

顔を強張《こわば》らせているのは、竜司や真聖の裕也に対しての過保護ぶりを知っているからだ。

「裕也の飲み代はこれで頼《たの》む。釣《つ》りはこの子が迷惑《めいわく》をかけた詫《わ》び代だ」

竜司は財布《さいふ》から一万円札を取り出すと、青木に握《にぎ》らせた。

「い、いえ、俺のほうこそこんな時間まで申し訳ありませんでした！」

「ごめん、青木。そういうことだから、俺、先に帰るね」

「行くぞ、裕也」

「ホントごめん！　今日は誘《さそ》ってくれてありがとう」

青木に頭を下げ、竜司のあとについていく。その背中を追いながら、疑問をぶつけた。

「どうして、俺がいるお店がわかったの？」

「ウチの学生の行く居酒屋なんて決まってるだろ。二軒《けん》目で見つかってよかったよ」

「わざわざ探してくれたの……？」

二軒目と云っているということは、裕也がいなければ他の店にも探しに行ってくれていたということだ。竜司は裕也の問いには答えず、逆に訊《き》いてくる。

「どうして約束を破ったんだ？　俺がいないところでは飲むなって、この間云ったばかりだろう？」

「…………」

忘れていたわけではない。むしろ、竜司への当てつけのような気持ちもあった。

そんな矮小《わいしょう》な自分に気づき、恥《は》ずかしくなる。構ってもらえない子供が駄々《だだ》を捏《こ》ねているようなものだ。

黙《だま》り込んでいる裕也が拗《す》ねていると思ったのか、竜司の説教は続いた。

「何度も云ってるが、お前は隙《すき》が多すぎる。目の届かないところでまで守ってやれるわけじゃないんだ。もっと自覚してくれ」

「――――」

成人したいまになっても、竜司の手を煩《わずら》わせていることが情けなくて堪《たま》らない。優《やさ》しさからの行為《こうい》だとわかっているからこそ、もどかしかった。

「聞いてるのか、裕也」

「……ッ」

竜司の手を生まれて初めて、意志を持って振り払った。泣きたい気持ちをぐっと堪《こら》え、言葉を絞《しぼ》り出す。

「俺のこと好きじゃないのに、優しくなんかしないでいいよ」

「好きじゃないなんて誰が云った」

「じゃあ、どうして何もしてくれないの？　そんなに俺に魅力《みりょく》ない？　その気にならない？」

「それは――――」

裕也の詰問《きつもん》に、竜司は声を詰《つ》まらせた。こんなときに訊くことではなかったかもしれない。けれど、この答えを教えてもらえなければ前には進めない。

「……そういうことは、急いでもよくないだろう」

はっきり理由を云わないのは、竜司の優しさかもしれない。けれど、裕也にとってそれは余計に辛《つら》かった。

「二人きりにならないようにしてるのも気づいてるよ。やっぱり、竜司さんにとって、俺は恋《れん》愛《あい》対象にはならないってことだよね？」

「そうじゃない。俺はお前が大事なんだ。だから……」

「気休めなんていいよ！　一人で帰る」

竜司を押しのけ、歩き出す。自分でもどこに向かっているかわからなかったけれど、とにかくムキになって足を動かした。しかし、酔《よ》いが足に来てしまっているようで、地面がゆらゆらと揺《ゆ》れているような錯《さっ》覚《かく》がする。

「待て、裕也」

「ついてこないで！　一人で帰るって云って——うわ…っ」

些《さ》細《さい》な段差に躓《つまず》いてバランスを失い、転びそうになる。倒《たお》れ込む寸前、伸びてきた竜司の手に助けられた。竜司は前のめりになった体を引っ張り、体勢を元《もと》に戻してくれた。

「ほら見ろ。こんな状態のお前を一人で帰せるか。ったく、居酒屋の安酒なんかがばがば飲むからだ」

「いまのはちょっとふらついただけで……」

云い訳をすると、竜司は呆《あき》れ顔でため息を吐《つ》いた。

「ちょっとってレベルじゃなかったように見えたけどな。どこかで眠《ねむ》り込んで風《か》邪《ぜ》でも引いたらどうするんだ。おばさんたちに心配かけたいのか？」

「…………」

「わかったら、背中に乗れ。慌《あわ》てて来たから車がないんだよ」

「……やだ」

二十歳《はたち》になっておぶられて帰るなんてカッコ悪い。そんな見栄《みえ》から竜司が差し伸べてくれた手を拒《こば》んだけれど、一蹴《いっしゅう》された。

「駄々を捏ねるな。嫌《いや》だって云うなら、担《かつ》いでいくぞ」

「うう……」

怖《こわ》い顔で云われ、渋々《しぶしぶ》と竜司の背中に乗った。意地を張ったところで、結局は竜司には敵《かな》わない。竜司の前では、自分はいつまでも子供でしかないのだろう。

広い背中は昔と変わらず逞《たくま》しく、力強かった。

(いい匂《にお》いがする)

竜司は日なたの香《かお》りがする。微《かす》かに混じる柑橘《かんきつ》系の香りは整髪料《せいはつ》の香料《こうりょう》だろうか。こうやって背負われるのは子供のとき以来だ。懐《なつ》かしさと優しさに泣けてくる。

ゆっくりと歩く振動《しんどう》が揺りかごのようで、だんだんと眠くなってきた。そういえば、小さい頃はなかなか寝《ね》つかない裕也をこうやって竜司があやしてくれた。

どんなにむずかっても、竜司がいればそれだけで上機嫌《じょうきげん》になった。

「――今日は触《さわ》っても平気なんだな」

「いま、何か云《い》った？」

うつらうつらとしかけていたせいで、はっきりとは聞き取れなかった。聞き返したけれど、竜司は独り言だと云って教えてくれなかった。

「眠いだろ？　家着いたら起こしてやるから、それまで寝てろ」

「うん……」

眠気《ねむけ》には勝てず、素直《すなお》に頷《うなず》く。やがて、裕也は竜司の背中で眠ってしまった。

7

「……頭痛い……」

裕也は、頭の中で脈打つような鈍痛《どんつう》に目を覚ました。

酷《ひど》い頭痛に加え、云いようのない胃のムカつきと吐き気《け》まで襲《おそ》ってくる。熱はなさそうだから、風邪ではないようだ。

(何なんだ、これ)

いままで味わったことのない不快感だ。鉛《なまり》のように重い体をベッドから引き剝《は》がすようによろよろと起き出し、一階へと下りていくと母がキッチンに立っていた。

「おはよう、裕也。具合はどう？」

母は裕也が自己申告《しんこく》する前に、体調を訊《たず》ねてくる。

「何か気持ち悪いんだけど……」

げっそりとしながら告げると、母はしたり顔で病の名称《めいしょう》を教えてくれた。

「それが二日酔いというものよ」

「そうなんだ……」

飲みすぎた翌日、兄が屍《しかばね》のようになっていることがある。どんなふうに辛いのか、いままで想像もできなかったけれど、これでよくわかった。確かに何とも云いがたい苦しさだ。

「いくら二十歳になったからって、無茶《むちゃ》しすぎたんじゃないの？」

「反省してます……」

自分でも昨夜は飲みすぎたと反省している。そこそこ飲める体質だということも災《わざわ》いしたのだろう。そうやって際限なく飲み続けた結果がこれだ。

「はい、これ飲んで」

「ありがとう……」

母から、薬と水の入ったグラスを差し出される。冷たい水を一気に飲み干すと、人心地《ひとごこち》ついた。あとどれくらい経《た》てば、酒が抜《ぬ》けるものなのだろうか。

食卓《しょくたく》の自分の席に着き、額を押さえながら唸《うな》っていると、味噌汁《みそしる》のお椀《わん》が目の前に置かれた。

「あとはこれね」

「何で？」

「二日酔いには、シジミのお味噌汁が効くのよ」

「へえ、そうなんだ」

そう云われてみれば、宴会《えんかい》の翌朝によく母が作っていた気がする。

温かい味噌汁を啜《すす》ると、ほっとした。こんなにすぐ効くとは思えないが、心なしか吐き気が薄《うす》れたような気もする。

「ねえ、母さん。俺、昨日どうやって帰ってきたんだっけ？」

裕也はふと、気になったことを口にした。

昨夜の記憶《きおく》は、居酒屋で乾杯《かんぱい》したところで途切《とぎ》れている。その先は、まるで夢の中の出来事のように曖昧《あいまい》だ。

(都合のいい夢も見たような……)

夢の中では、竜司が自分を探して店まで迎《むか》えに来てくれた。

「竜司くんが送ってくれたじゃない。覚えてないの？」

「えっ、竜司さんが⁉　じゃあ、あれは夢じゃなかったんだ……」

母親に云われ、途切れ途切れの記憶を思い出す。自分が覚えていることが事実なら、竜司には相当の迷惑《めいわく》をかけてしまったことになる。

心配してわざわざ迎えに来てくれたのに、まるで子供のように駄々《だだ》を捏《こ》ねてしまった。

「ちゃんと受け答えしてるから意識もはっきりしてるんだと思ってたけど、酔っ払《ぱら》ってたのね」

「多分、そうだと思う……。俺、何か云ってた？」

竜司に背負われたところまでは何とか思い返せたけれど、自宅に帰ってきた記憶は一切《いっさい》ない。

「竜司くんに帰らないでって云って困らせてたじゃない」

「ホントに⁉　どうしよう、竜司さん困らせちゃったよね……」

母から教えられた昨夜の自分の醜態《しゅうたい》に青ざめる。

「まったく、昨日はどれだけ飲んできたのよ。竜司くんがいなかったら、どうなってたことか。駅の周りなんか夜は物騒《ぶっそう》なんだから気をつけなさいよ？」

「反省してます……」

「しばらくは外では飲酒禁止！　ウチで飲み方覚えるまでは絶対飲まないこと。わかった？」

「そうします……」

自分でも調子に乗ってしまった自覚はあるため、母の命令を諾々《だくだく》と受け入れた。そうでなくても、ずいぶん痛い目を見ている。積極的に酒を飲みたいとは思えない。

「それで、大学はどうするの？　休む？」

「今日は午後からだけだから行くよ」

二日酔《よ》いなんかで休むわけにはいかない。薬も飲んだし、しばらくすればある程度は回復するだろう。

「なら、もう少し休んでなさい。時間になったら起こしてあげるから」

「うん、ありがとう」

こういうとき、家族のありがたみを感じる。ある程度の手伝いならしているけれど、基本的に衣食住の面倒《めんどう》は見てもらっている。ついつい優《やさ》しさに甘えて頼《たよ》ってしまうあたり、まだまだ子供だということだ。

り込んだ。

鈍痛が続く頭に響《ひび》かないよう、そっと歩いて部屋に戻《もど》る。携帯電話《けいたいでんわ》を持ち、ベッドの中に潜《もぐ》り込んだ。

メールボックスを開いてみたけれど、竜司からは届いていなかった。

昨夜の件を詫《わ》びるメールをすれば、竜司も返事をくれるかもしれない。けれど、伝えたいことは他《ほか》にもある。謝らなくてはいけないことはいっぱいあるし、これからの話もしたい。

(……会いに行ってもいいかな)

けれど、会社にはもう迎えに来るなと云われているし、二人きりになることも避《さ》けられている。会社ではなく、自宅でなら待っていても許してもらえるだろうか。

しかし、その行為《こうい》も下手《へた》をしたら鬱陶《うっとう》しいと思われかねない。いまの自分には、何がよくて何がいけないことなのか判断がつかなくなっていた。

「どうしよう……」

ずきずきと痛む頭では、なかなか考えもまとまらない。結局、母が起こしに来るまでずっと、ベッドの中で悩《なや》み続けていた。

悩んだ末、裕也は竜司にメールをすることにした。

昨日のことに対する礼と、話がしたいという内容のものを送ったのだ。返事が来ないことも覚悟《かくご》していたけれど、意外とすぐに返信メールが戻ってきた。

竜司のほうからも話をしたいとのことで、部屋で待っていて欲しいと書いてあった。ただし、何時に帰れるかわからないと添《そ》えてあったから、まだ忙《いそが》しい時期は抜けていないのだろう。

一歩前進できたことに、少しだけほっとした。まだ歩み寄れる余地はあるのだと期待してしまうけれど、欲張《よくば》るべきではない。

「おじゃまします」

講義を終えた裕也は、まっすぐ竜司の部屋へとやってきた。預かっている合い鍵《かぎ》を使って中へと入った。

前回来たときと変わっているところはなく、

「……落ち着かない」

まだ帰ってくる時間ではないことはわかっているけれど、緊張《きんちょう》からそわそわとしてしまう。

気を紛《まぎ》らわせるために、掃除《そうじ》をしていることにした。

細かいところまで手が回らない竜司に頼《たの》まれ、たまに大掃除《おおそうじ》のアルバイトをしているから掃除道具の場所はわかっている。

掃除機《そうじき》をかけ、フローリングを磨《みが》き、窓の曇《くも》りを拭《ふ》き――そうやって、一心に作業しているうちに日が落ち、外は真っ暗になっていた。掃除に一区切りつけ、自分の携帯電話を確認《かくにん》してみたけれど、竜司からの連絡《れんらく》は入っていなかった。

「何時くらいに帰ってくるんだろう……」

心の準備もしたいから、せめて会社を出たあたりで連絡をもらえるといいのだが。

「…………」

もしかしたら、竜司の家に来られるのは今日が最後になるかもしれない。

「やめやめ！　余計なことは考えるな！」

勝手に思い込んで暴走するのは、いい加減自重しなくては。何はともあれ、竜司の気持ちを聞いてから判断すべきだ。

「……掃除してよう」

体を動かしていると、頭を空っぽにできていい。

このところ、水回りの掃除をサボりがちだと云《い》っていたのを思い出し、風呂掃除《ふろそうじ》に手をつけることにした。腕《うで》まくりをしながら、バスルームに向かう。

「何だ、綺麗《きれい》にしてるじゃん」

想像していたような汚《よご》れはなかったけれど、他にすることもないと裸足《はだし》になり、ズボンの裾《すそ》を折り曲げた。

無心になろうと、バスタブを擦《こす》る手に力を込めるが、やはり竜司のことを考えてしまう。

「そういえば、夕ご飯どうするんだろう」

冷蔵庫にあるもので何か作っておこうかとも思ったが、勝手に用意しておくのは余計なお節《せっ》介《かい》になりかねない。

「お弁当も迷惑だったのかなあ……」

竜司が笑顔《えがお》で受け取ってくれたから、喜んでくれているとばかり思っていた。けれど、それは裕也を気遣《きづか》ってくれていただけかもしれない。

嫌《いや》な考えを振り払《はら》おうと頭《かぶり》を振っていたら、不意に携帯電話の着信音が聞こえてきた。

「ちょ、ちょっと待って！」

よりによって、こんなタイミングでかかってこなくてもいいものを。

泡《あわ》だらけの手を急いで洗い、リビングに置いてきたカバンへと走る。竜司からの連絡を期待していたのだが、画面には知らない番号が表示されていた。

（これ、誰《だれ》からだろう？）

名前が出ないということは、登録している番号ではないということだ。

どうしようか迷ったけれど、とりあえず出てみることにした。間違《まちが》い電話ならそう告げておかなければ、またかかってきてしまうかもしれない。

「――はい、どちらさまですか？」

『あ、裕也くん？　俺のこと覚えてる？』

「へ？」

『芦原です。この間、名刺《めいし》上げたの覚えてない？』

「あっ、あのときの……」

名乗られた名前にぎくりとしたのは、竜司から彼とは『関《かか》わるな』と云われているからだ。

あのとき、自分の携帯電話の番号を教えてしまっていたことを思い出した。自分から連絡を取ったわけではないけれど、後ろめたさは否《いな》めない。

「あ、はい、先日はお世話になりました。それで、あの、今日はどういった……？」

『就活で悩んでるって云ってただろ？　もしかしたら、遠慮《えんりょ》してるのかと思ってこっちからかけてみたんだけど、その後どう？』

「そうだったんですか、わざわざすみません……」

少し言葉を交《か》わしただけの裕也のことを心配してくれていたようだ。

しかし、あれからずっと裕也の頭を悩ませているのは、就職のことではなく竜司との関係だ。決して、就職活動を軽《かろ》んじているわけではないけれど、いまは他のことを考えている心の余裕《よゆう》がない状態だ。

『もしよかったら、今度ゆっくり話でもしない？　お酒は抜《ぬ》きでさ』

「いいえ、お気遣いは嬉《うれ》しいんですけど、そんなお手間を取っていただくわけにはいきませんし」

『もしかして、徳久のこと気にしてる？　あいつなら大丈夫《だいじょうぶ》だって。俺が上手《うま》く云っておいてあげるよ。ぶっちゃけ、あいつの話だけ聞いてても役に立たないんじゃないかな』

「どうしてですか？」

『だって、あいつみたいに何でもできる人間ってそうはいないだろ。ああいうエリートコースを歩いてきてたら、普通《ふつう》の人間の苦労なんて味わったことないと思うんだよな』

「でも、竜司さんは竜司さんなりに苦労してるし、努力も人一倍してますよ」

芦原の物云いにムッとして、つい反論してしまう。

『うん、でもそれって普通レベルの苦労じゃないだろ』

「…………」

もやもやとしたものがあったけれど、相応《ふさわ》しい云い回しが出てこないせいで黙《だま》り込むしかなかった。

『それにしても、裕也くんは徳久のことを本当に尊敬してるんだね。どういう関係なんだっけ？』

「ええと、兄の親友なんです。それで、昔からよくしてもらってて」

『そうなんだ。最近は会社のほうに来ないけど、あいつと何かあったわけじゃないよね？』

「竜司さんが何か云ってたんですか？」

『いや、そういうわけじゃないけど、このところ珍《めずら》しく落ち込んでるみたいだから気になって』

「――」

『あれ、もしかして裕也くんと何かあった？』

「いえ、そういうわけじゃ……。あ、あの、芦原さんはもうお仕事終わりですか？」

『まだ会社だけど、どうして？』

「竜司さんもまだ仕事してるのかなって……」

こんなことを訊《き》くのはどうかと思ったけれど、他《ほか》に訊ける相手もいない。

『何、あいつと会う約束してたの？　待ち合わせすっぽかすなんて酷《ひど》いな』

「そうじゃないんです！　俺が待ってるだけで…っ」

竜司に非があるとは思われたくない。裕也が必死に云い募《つの》ると、芦原は小さく笑った。

『徳久とケンカでもした？』

「…………」

ケンカならまだよかったのかもしれない。同じ土俵に立てている証拠《しょうこ》だからだ。

(竜司さんとは、ケンカしたこともなかったな……)

真聖とはしょっちゅう口ゲンカしていたけれど、竜司と揉《も》めた記憶《きおく》はない。裕也が何をしても竜司が怒《おこ》ることはなく、いつでも鷹揚《おうよう》に許してくれた。

声を荒《あら》らげられたのは、刃物《はもの》の扱《あつか》いが悪かったときなど、裕也に危険が及《およ》ぶかもしれないというときだけだ。

『うーん、もしかしたら、そのせいなのかなあ。実は、さっき徳久に飲みに誘《さそ》われたんだよね』

「それ、本当ですか⁉」

芦原の言葉に、裕也は驚《おどろ》きの声を上げた。裕也が待っているのを知っているのに、どうして芦原を飲みに誘ったのだろう。

『はっきりとは云わなかったけど、何か相談があるみたいだったなあ』

「相談……。芦原さんは竜司さんと仲いいんですか？」

『そうだな、よきライバルって感じかな』

先日の竜司の態度からは、芦原を信用しているようには思えなかったのだが、大人には色んなつき合い方があるのかもしれない。

ライバルというからにはベタベタとしない、認め合った関係なのだろう。

(兄ちゃんとも悪態吐《つ》き合ってたりするし)

欠点を云い合いながらも険悪にならないのは、つき合いが長く、お互《たが》いを信頼《しんらい》しているからだ。そんな二人の姿は、裕也も憧《あこが》れている。

『あいつも見栄《みえ》っ張りなところがあるし、裕也くんに対してはカッコつけたいんだろうな。よし、俺が仲直りの場を設けてあげるよ』

『ああ、俺が上手くセッティングしてあげるよ。これから、俺の云《い》うところに来られるかな？』

「本当ですか⁉」

「はい、大丈夫です！」

身を乗り出すように、芦原の提案に飛びついた。藁《わら》にも縋《すが》る思いだった。終わりにするしかないと自分に云い聞かせていたけれど、本心では未練がないわけではなかった。

諦《あきら》めきれないからこそ、こんなにも必死になってしまうのだ。

竜司は芦原のことを『ろくでもない男』だから近づくなと云っていたけれど、こんなふうに親身になってくれるのだから悪い人ではないはずだ。

『待ち合わせは十時でどう？　場所は――』

慌《あわ》ててテーブルの上にあったチラシを引き寄せ、芦原に指定された店の場所と時間を走り書きする。急いだせいで駅名の字を間《ま》違《ちが》えてしまい、もう一枚を使って書き直した。

『じゃあ、またあとでね』

約束を交わし、電話を切った。裕也は壁《かべ》にかかった時計を見上げ、目的地までの時間を概算《がいさん》する。

「やばい、急がないと間に合わないじゃん」

慌ただしく掃除《そうじ》の後片づけをし、出かける準備に取りかかった。

「ここ……かな……」

目的の場所らしき建物を見上げ、自問するように呟《つぶや》く。少し迷ったけれど、指定された時間には辿《たど》り着くことができた。

しかし、どこから入ればいいかわからない。いったい、何のお店なのだろうか。レストランやカフェには見えないし、かと云って、ショップのようでもない。周囲にも人気がなく、怪《あや》しげな佇《たたず》まいの建物も少なくなかった。

このままここで待っていればいいのだろうかと不安になっていたら、建物から芦原が出てきた。

「裕也くん、こっちこっち」

「ど、どうも」

小走りに芦原の下へと駆《か》け寄り、小さく頭を下げる。

「ちょっとわかりにくかったろ？　一度来ちゃえば簡単なんだけど、初めてだと迷子になりやすいんだよね」

「ここって何のお店なんですか？」

疑問に思っていたことを訊くと、意外な答えが返ってきた。

「カラオケボックスだよ。普通のところよりは広くてのんびりできるし、食事もちゃんとしたものが出てくるからよく使うんだ」

「そうなんですか……」

芦原に呼び出された店は、確かに普通のカラオケボックスとは全然違《ちが》っていた。

暖色系の間接照明で照らされた室内は、不思議な雰囲気《ふんいき》を醸《かも》し出している。モノトーンが基調のインテリアで統一されており、中央にはやけに大きなソファが置かれていた。

(何か、ベッドみたい)

部屋の一角には、小さなバーカウンターも備えつけられていて、棚《たな》にはミニボトルが並んでいる。実際に使用するための設備なのか、飾《かざ》りの一環《いっかん》なのかは裕也には判断がつかなかった。

カラオケの機材は置いてあるけれど、歌うためにある部屋には到底《とうてい》見えない。

「竜司さんはまだですか？」

室内をきょろきょろと見回すが、竜司の姿はどこにもない。それどころか、店員の気配も感じられなかった。

「もうすぐ来ると思うよ。とりあえず、何か飲まない？」

「いえ、喉渇《のどかわ》いてないので……」

「お酒なんか飲ませないから安心して。オレンジジュースでいいよね。そこ座って待ってて」

「は、はい……」

　座っていろと云われ、ベッドのようなソファの端《はし》に腰《こし》を下ろす。芦原は備えつけの電話で注文をしたあと、置いてあるカラオケの機材を操作し、音楽をかけた。

「緊張《きんちょう》してる？　ほら、もっとリラックスして」

　洋楽のようだが、リラックスするためというよりはムードを高めるための音楽に聞こえる。

「あの、それで竜司さんはいつ……」

「いま向かってるはずだから、もう少し待ってて」

「一緒《いっしょ》にいたんじゃないんですか？」

「うん、まあ、そうなんだけど、ちょっと用事があるからって別行動になったんだ」

「用事、ですか？」

　芦原のてきとうな言葉に、さっきとは違う不安が込み上げてくる。芦原の言葉を信じたのは、間違《まちが》いだったのかもしれない。今日のところは様子を見て、帰ったほうが賢明《けんめい》だろう。

「詳《くわ》しくは知らないけど。それにしても、本当に可愛《かわい》いな。そのへんの女よりよっぽど綺麗《きれい》な顔してるし、素直《すなお》でいいよね」

「え？」

　断りもなく顎《あご》に指をかけられ、持ち上げられる。

「裕也くんのこと。徳久ばっかりいい思いするなんて狡《ずる》いと思うんだよ。少しくらい味見したって、許されるよね」

「ええと、ちょっと意味がわからないんですけど……」

口《くち》の端《はし》を引き攣らせた苦笑いを浮《う》かべながら、体を引く。けれど、芦原はそれ以上に距離《きょり》を縮めてきた。

「考え直したほうがいいよ。徳久なんて好きになっても報《むく》われるとは思えない」

「は?」

「ムカつくんだよな、あのすかした顔見てると。どうせ、内心じゃ人のこと見下して、嘲笑《あざわら》ってんだよ」

「何云って――」

「だから、あいつに君はもったいないってこと。辛《つら》いよな、失恋《しつれん》って。でも、新しい相手がいればすぐに立ち直れるから」

「あの、だから、何の話をしてるんですか?」

「俺が慰《なぐさ》めてあげるって云ってるんだよ」

芦原はそう云って、裕也の太腿《ふともも》に触れてきた。何が起こったかわからず、頭の中が真っ白になるが触《さわ》られて気持ち悪いことは確かだった。

「細い足だな」

「ちょっ、やめ……!」

内腿《うちもも》を往復していた手がつけ根のあたりを思わせぶりに撫でてくる。その不快感にぶわっと鳥肌《とりはだ》が立った。

必死にもがき、抵抗《ていこう》する。芦原の顔を引っ掻《か》いたけれど、頬《ほお》に赤い線が走っただけで、ニヤニヤと笑っているのを止めることさえできなかった。

「そんな怖《こわ》がることないだろ、気持ちいいことしてやるだけだからさ」

「や…っ、やだ、放せって……！」

全力でもがき、蹴《け》りを入れる。けれど、芦原は妙《みょう》に手慣れている様子で、簡単にいなされてしまった。それだけでなく、暴れる裕也をニヤニヤとした顔で見下ろしている。

（こいつ……！）

きっと、こういうことは初めてではないのだろう。いったい、これまで何人の被害者《ひがいしゃ》がいるのかと思ったら、怒《いか》りと恐怖《きょうふ》が入り混じった感情が込み上げてきた。

泣《な》き寝入《ねい》りだけは死んでも嫌《いや》だ。裕也は渾身《こんしん》の力で暴れ捲《まく》った。

「おっと」

「……ッ」

一瞬《いっしゅん》、拘束《こうそく》が緩《ゆる》んだ隙《すき》にソファの上を這《は》って逃《のが》れようとしたけれど、すぐに押さえつけられ、背中の上にのしかかられた。

「いま、『やった！』って思っただろ？　バカだな、そんな簡単に逃《に》げられるわけないだろ」

「!?」

笑い混じりの揶揄《やゆ》に、血の気が引いていく。裕也の心を恐怖が覆《おお》い尽《つ》くしていく。

「だ、誰《だれ》か……っ」

「防音だから聞こえないよ。何のためにカラオケボックスに呼び出したと思ってんの？　好きなだけ声出していいから」

「……ッ!?」

横から覗《のぞ》き込んでくる芦原のしたり顔に絶望する。

「君が俺と寝《ね》たって知ったら、あいつどんな顔すると思う？　想像するだけで笑える」

「――――」

芦原が竜司への嫌がらせとして、裕也を利用するつもりだということがわかった。

「触るな…っ」

腰や腿《もも》を這う手が前のほうへと伸《の》びてくる。股間《こかん》に触《ふ》れられそうになったその瞬間《しゅんかん》、何故《なぜ》か体が軽くなった。

「え……？」

何が起こったのかわからず周囲に視線を巡《めぐ》らせると、芦原はソファから落ちていた。

「裕也、大丈夫《だいじょうぶ》か!?」

「竜司さん――――!?」

夢かと思った。こんなに都合よく竜司が助けに来てくれるなんて、夢だとしか思えなかった。

「本物の竜司さん……？」

「バカだな、本物に決まってるだろ」

裕也を助け起こしてくれた竜司の手には、裕也が書き損じたメモが握《にぎ》られていた。それを頼《たよ》りに、ここまで来てくれたのだろう。

「もう大丈夫だからな」

「う、うん」

竜司を安心させようと平気な顔をしようとしたけれど、一旦強張《いったんこわば》ってしまった表情筋は上手《うま》く動かず、声も上擦《うわず》ってしまった。

「芦原。お前、この子に何しやがった」

「ま、まだ何も……」

こっそりと這うようにして逃げ出そうとしていた芦原は、竜司の追及《ついきゅう》に作り笑いを浮かべた。

「まだ？　その汚《きたな》い手で触ってただろうが」

竜司は怒りを抑《おさ》えきれない様子で、芦原に歩み寄る。その迫力《はくりょく》に気圧《けお》されたのか、芦原は腰を抜《ぬ》かしていた。

「ま、待て、徳久。お前何か誤解して――がっ、かは……ッ」

「ふざけるな！　薄汚《うすぎたな》い手で裕也に触りやがって…っ」

竜司は烈火《れっか》の如《ごと》く憤《いきどお》り、芦原の云《い》い訳に耳も貸さずに蹴り続ける。

「うあっ、すみ、すみませ……うぐ……っ」

竜司は芦原に何度も蹴りを入れた。怒りに火がついた竜司は、気安く声がかけられるような雰囲気《ふんいき》ではなかった。

芦原を見下ろす竜司の冷ややかな眼差《まなざ》しに、横で見ている裕也の背筋も震《ふる》える。普段《ふだん》の優《やさ》しい竜司からは想像できない一面だった。

「いますぐ姿を消すなら、許してやるよ」

「へ…？」

「心当たりはいっぱいあるだろ？　お前が裏で何してるかわかってんだぞ」

「な、何のこと……ぐはっ」

竜司はごまかそうとした芦原の胸《むな》ぐらを摑《つか》んで、腹部に拳《こぶし》を入れる。

「横領だけじゃなくて、ヤミ金にも手ぇ出してるんだってな。証拠《しょうこ》も揃《そろ》ったし、明日《あした》上に報告してやるよ」

「待ってくれ！　それだけは……っ、頼《たの》む、何でもするから見逃《みのが》してくれ……っ」

「だったら、俺の前から消え失《う》せろ。今度、裕也に近づいたら――」

「わかった！　いなくなるから！　二度とこんなことはしないと約束する！」

「当たり前だろ、この屑《くず》が」

「うっ⁉　やめ、ぐあっ、ごほ……っ」

「りゅ、竜司さん、そんなにしたら死んじゃうよ…！」

我に返った裕也は、竜司にしがみついて止める。これでは過剰《かじょう》防衛になってしまう。

元々はと云えば、ほいほい誘《おび》き出された裕也が悪いのだ。芦原の行為《こうい》は許しがたいものだけれど、だからと云って竜司が暴力を振《ふ》るって犯罪者になることは見逃せない。

「裕也に免《めん》じて、これで終わりにしてやるよ」

「が……っ」

竜司は裕也の制止を聞かず、芦原の腹部に膝《ひざ》を叩《たた》き込んだ。鈍《にぶ》い音と共に、芦原がずるずると崩《くず》れ落ちる。

「りゅ、竜司さん⁉」

「気を失ってるだけだ。黙《だま》らせておかないと面倒《めんどう》だろ」

竜司は芦原の首筋に指を当て、脈を確認《かくにん》して見せた。よくよく見れば、微《かす》かに胸が上下している。とりあえずは生きているようだ。

「お前は大丈夫なのか？　あいつに何もされてないな？」

「うん、平気。何てことないよ」

ちょっと触られたけれど、それだけだ。竜司が踏《ふ》み込んでくれたお蔭《かげ》で、取り返しのつかないことにはならずにすんだ。

「……夢じゃないよね？　本当に本物の竜司さんだよね？」

「信じられないなら、触《さわ》ってみろ」

恐《おそ》る恐る手を伸ばし、竜司の頬に触れる。指先から伝わる温かさは、本物だった。そう確信した瞬間、緊張《きんちょう》の糸が切れてしまった。

「……っ」

衝動的《しょうどう》に竜司にしがみつき、まるで迷子の子供のようにその胸に顔を埋《うず》めた。

「怖かったよな。ごめん、遅《おそ》くなって」

「違《ちが》うよ！　俺が悪いんだ、竜司さんの云うことを聞かなかったから」

自分の中の不安を解消するために、竜司の忠告を無視して、自ら危険なところへ飛び込んでしまった。

「何て云って呼び出されたんだ？」

「……竜司さんと仲直りする手伝いをしてくれるって云われて……」

電話番号を教えてしまっていたこと、竜司が芦原を飲みに誘《さそ》っていると云われたこと、そして相談を受けているらしき話をされたことを告げると、竜司はまた剣呑《けんのん》な顔になった。

「飲みになんか誘ってないし、こんなやつに俺が相談なんかするか」

「ご、ごめんなさい」

「すまん、裕也に怒《おこ》ってるんじゃないんだ。この間、こいつのことをきちんと説明しておけば、こんな目に遭《あ》わせずにすんだのに」

握り込まれた竜司の拳は、白い筋が浮《う》かび上がっていた。その表情は、必死に怒《いか》りを抑え込んでいるように見える。裕也は自分を責める竜司を見上げて訴《うった》えた。

「竜司さんは何も悪くないだろ！　俺が悪いんだ、俺が迂闊《うかつ》に信用なんかしたから……」

無防備すぎるとよく云われているが、今回はそれを身を以《もっ》て思い知ることになった。いままで、自分は周囲の人たちに恵《めぐ》まれていたのだろう。

芦原のように悪意で接してくるような人間がいることを信じてはいなかった。

「あの人と関《かか》わるなって云ったのは、危ない人だってわかってたから？」

「社内じゃいい顔してるけど、嫌《いや》な噂《うわさ》があったんだよ。俺を目の敵にしてるのも知ってたし、余計なことに巻き込みたくなかったんだ。まさか、ここまで下衆《げす》なことするとは思ってなかったけどな」

「そうだったんだ……」

「横領の件は上から云われて内々に調べてる最中だったんだ」

「もしかして、最近忙《いそが》しかったのはそのせい？」

「まあ、それもあるな」

竜司の説明によれば、芦原は自分の立場を利用して、横領をしていたらしい。その穴埋《あなう》めにヤミ金で金を借り、返済するためにまた横領し――その繰《く》り返しで取り返しのつかない状《じょう》況《きょう》になっていたらしい。

　現在は会社のほうは穴埋めがされており、ヤミ金に負債《ふさい》がある状態だそうだ。

「いま逃《に》げれば、会社も体面があるから訴えられることはないだろうが、危ないやつらに追われることにはなる。自業自得《じごうじとく》だろ」

「…………」

　芦原は性根《しょうね》まで腐《くさ》りきった人間だったようだ。そんな人間の上っ面《つら》に騙《だま》されて、ほいほいと呼び出されてしまった自分の見る目のなさに落ち込む。

　竜司はそんな裕也の頭を撫《な》でながら、優しく笑いかけてくれる。

「早く帰ろう。この部屋は気分が悪い」

「――うん」

　促《うなが》され、外へと向かう。気を失ったままの芦原を残し、カラオケボックスをあとにした。


　家に送ってくれると云われたけれど、どうしても今日話がしたいのだと云って、竜司の部屋に連れてきてもらった。

「熱いから気をつけて飲めよ」

「ありがと」

熱いマグカップを受け取る。火傷《やけど》をしないように啜《すす》ると、優しい紅茶の香《かお》りが鼻腔《びこう》をくすぐった。ブランデーが落とされているようで、ほんわりと体が温かくなってくる。

「さて、何の話からしようか」

竜司が軽い口調なのは、空気を重くしないための配慮《はいりょ》だろう。竜司が自分の隣《となり》に座るのを待ってから、おもむろに口を開く。

「……竜司さん、ごめんなさい。昨日も今日も迷惑《めいわく》かけちゃって……」

「謝ることなんてない。お前のすることを迷惑に思ったことなんて一度もないよ」

「どうして竜司さんは俺にそんなに優しいの？　わがままばっかり云《い》ってるし、心配かけたり暴走したりするし、手を焼かせてばっかりだよね？」

「どうしてって、裕也が好きだからに決まってるだろう」

何をいまさらと云わんばかりの顔をされたけれど、裕也はさらに追及《ついきゅう》した。

「その『好き』って、どういう種類の気持ち？　家族とか友達に対してと同じような『好き』じゃないの？」

「恋人《こいびと》に対する『好き』だ。家族に対する『好き』なら、欲情《よくじょう》なんかしない」

「いつ、そういうふうに好きになってくれたの？」

「そんなの覚えてるか。ずっと昔だよ」

「前に俺が告白したあとなら、そんなに昔じゃないと思うけど」

「そのもっと前だ」

「嘘《うそ》」

「嘘じゃない」

「じゃあ、何であのときそう云ってくれなかったの？」

子供は相手にならないと云って振られた。だから、二十歳《はたち》になるまで待ったのだ。

「云えるわけがないだろう。三十手前の男が中学生に手を出したら犯罪だ。まあ、いまだって似たようなもんだがな」

「そんなこと――」

「本人がどう思っていようが、世間の評価はそんなもんだ」

「………」

「そういう意味で好きだって気づいたのは、お前に告白されたときだ。それまで、ただ単に弟みたいに可愛《かわい》がってるつもりだったから愕然《がくぜん》とした。でも、自覚してなくてよかったよ。お前がもっと小さい頃《ころ》にそんな気持ちでいたら、本格的に犯罪者になってたかもしれないしな」

「な、何云って……」

笑って流そうとしたけれど、竜司は真顔だった。

「云っとくけど、冗談《じょうだん》なんかじゃないからな。まあ、俺がどれだけ必死に理性を保ってたか、お前にはわからないよな。さすがにあの夜は、理性も飛んだ。俺の我慢《がまん》も知らないで、無防備に煽《あお》りやがって」

拗《す》ねた口調で詰《なじ》られ、目を瞬《またた》く。

「あの夜って……俺の誕生日の夜のこと？」

「それ以外にないだろう」

「あの日は酔《よ》ってたんじゃ……」

「俺が酒に弱いって云っても、ワイングラス一杯《いっぱい》で酔うわけないだろ」

「じゃあ――」

「好きな子にあんなふうに迫《せま》られて、我慢してられる男がいると思うか？」

「……っ」

竜司が悔《く》いているのは、酔った勢いの行動だと思っていた。

「何度も確認《かくにん》したのは、後ろめたかったからだ。怖《こわ》がって逃げてくれればいいのにって狡《ずる》いこと考えてた」

「竜司さん……」

「案の上、泣かせることになって……本当は怖かっただろ？　初めての相手に手加減できないなんて、マジでろくでもないよな」

「そんなこと……っ」

まったく怖くなかったと云えば嘘になる。けれど、竜司が怖かったわけではない。未知の感覚に溺《おぼ》れてしまう自分が怖かったのだ。

「俺はお前に幻滅《げんめつ》されるのが怖いんだ。いつか、本当の自分を知られて、愛想《あいそ》を尽《つ》かされる日が来るかと思うと、死ぬほど怖い」

「竜司さんに幻滅なんてしないよ！」

「それはお前の前では、いい顔してるからだ。本性を知ったら、離《はな》れていくに決まってる」

「そんなこと——」

万が一、竜司のカッコ悪いところがあったとして、それを知ることになったとしても、そのせいで竜司を好きでなくなるなんてあり得ない。

「さっきみたいな姿、お前には一生見せるつもりはなかったのにな」

「……っ」

竜司にも『怖い』ものがあるなんて、思いもしなかった。

「いい歳して、みっともなかったよな。柄《がら》が悪くて驚《おどろ》いただろ」

「……ちょっとだけ。でも、ああいう竜司さんもカッコいいと思う」

「……ッ、それはちょっと云いすぎじゃないか？」

「本当にカッコいいと思ったんだもん」

「そういうのを『あばたもえくぼ』って云うんだぞ」

「何がいけないわけ？」

開き直った裕也に、竜司は苦笑いを浮《う》かべた。

竜司の呆《あき》れ顔は、照れ隠《かく》しなのかもしれない。意外に不器用な面があることも、今日初めて知った。こうやって、新しい一面をもっと見つけていきたい。

裕也は大きく息を吸い、改めて告白し直す。

「ちゃんと、竜司さんの恋人にして下さい」

「……お前には敵《かな》わないな」

「竜司さん、返事は？」

「俺のほうこそ、よろしく頼《たの》む」

姿勢を正し、頭を下げてくる。

「……もう一つ、お願いしていい？」

「何だ？」

「今日、エッチして欲しい」

「……ッ」

赤裸々《せきらら》な発言に、竜司は言葉を失っていた。

「ダメ？　したくない？」

「したくないわけはないが、俺に触《さわ》られるのは怖いんだろう？　焦《あせ》らなくていい。心配しなくても、少しずつ進んでいけばいいんだから」

「怖いわけじゃないよ！　触られるのが嫌《いや》なわけじゃないんだ。ただ、体がびっくりしちゃうっていうか……。多分、いっぱいすれば慣れると思うし！」

「無理はしなくていい」

「やだ、無理でもしたい。俺だって、竜司さんとエッチしたい。俺だって、ちゃんと性欲《せいよく》のあ
る成人男子なんだからね」

「裕也――本当にいいんだな？」

「うん」

裕也は力強く頷《うなず》いた。

「じゃあ、約束してくれ。痛かったり、気持ち悪かったりしたら、はっきり云うように」

「わかった」

「あと、気持ちいいときも」

「え？」

「恥《は》ずかしいからって声を我慢されたら、どう感じてるかわからないだろう？」

竜司は本気で云っているようだ。

「わ、わかった。ちゃんと云うから、俺がやだって云っても、やめないでね……？」

消え入りそうな声でそう云うと、竜司は噛《か》みつくようにキスしてきた。

「んぅ、んん……っ」

唇《くちびる》を押しつけられた瞬間《しゅんかん》、案の定、びくんっと体が跳《は》ねた。一瞬離《いっしゅんはな》れたけれど、再度触《ふ》れたときは驚くことなく受け止めることができた。

竜司は啄《ついば》むような口づけを繰《く》り返す。息が苦しくなり、薄《うす》く開けた唇の隙間《すきま》から空気を吸う。それと同時に舌先が忍《しの》び込んできた。

「あ」

ざらりと擦《す》れた舌が甘く震《ふる》え、喉《のど》の奥が小さく鳴る。口腔《こうこう》を掻《か》き回され、溢《あふ》れた唾液《だえき》が混じり合う。

キスが解けた瞬間、ぐらりと体が傾《かし》いだ。

「おい、大丈夫《だいじょうぶ》か？」

「う、うん、力抜《ちからぬ》けちゃって」

照れ隠しに笑ってごまかす。キスだけで腰《こし》が抜けそうになっているだなんて情けない。

「続けられそうか？」

「ん、平気……。もっと、したい」

自分からねだるのは恥ずかしかったけれど、ちゃんと云《い》わなければ終わりになってしまうかもしれない。

「わかった」

竜司は裕也の体を引き寄せ、腕《うで》の中に抱《だ》き込んだ。竜司の胸に背中を預ける格好になる。

「んぅ、んん……」

上を向かされ、竜司は覆《おお》い被《かぶ》さるような形で口づけを再開する。竜司は何度も角度を変えながら裕也の唇を啄み、徐々《じょじょ》に交わりを深くしていく。

(舌が溶《と》けそう)

舌を搦《から》め捕《と》られ、キツく吸い上げられると頭の芯《しん》がぞくぞくと痺《しび》れた。

「ん……ぁ……ん、んんん」

竜司の手が、服の上を這《は》い回る。腰回《こしまわ》りに太腿《ふともも》や足のつけ根、あちこち触れてくるけれど、肝心《かんじん》の場所は避《さ》けているようだった。

「竜司さん、ちゃんと触ってよ」

責めるような口調になってしまったのは、もどかしさのせいだろう。

「わかった」

服の下に潜《もぐ》り込んできた手が胸元《むなもと》を撫《な》で回す。少しひやりとするのは、裕也の体温が高いからだ。触れられているうちに肌《はだ》が汗《あせ》ばんでくる。

「ひゃっ」

小さな尖《とが》りに触れた瞬間、上擦《うわず》った声が上がった。竜司は捕らえたばかりのそれを、やわやわと揉《も》みしだく。

「や…ぁ、あっあ、あ……っ」

自分でも信じられないような声で喘《あえ》いでしまう自分が恥ずかしいのに、竜司に小さく笑われ、羞恥《しゅうち》で泣きたくなる。

「感じる？」

「……うん」

「お前は敏感《びんかん》すぎるんだな。反応が大きいのはそのせいだろう」

「ご、ごめんなさい」

「悪いとは云ってない。——ただ、イジメたくなるけどな」

「え？」

「いっぱいすれば慣れるんだろ？」

「ぁん！　あ、や、あ……っ」

竜司は乳首《ちくび》を集中的に責めてきた。キツく抓《つま》み上げたかと思うと、そっと撫で、硬《かた》く尖ってきた頃《ころ》にやわやわと捏《こ》ねてくる。

項《うなじ》に唇を押し当てられ、びくん、と肩《かた》が跳ねる。皮膚《ひふ》を吸い上げられ、背筋が震えた。二つの尖りをしつこく責められているうちに、息が上がってしまう。

「あ…ん、んん…っ、は……っ」

体の中心に熱が集まっていく。裕也のそれはあっという間に芯を持ち、下着の中で痛いほど張り詰《つ》めた。

直接の刺激《しげき》は与《あた》えられていないのに、裕也のそこは硬く張り詰めて、布地を押し上げていた。

後には引けない状態になっているのに、竜司はなかなか肝心の場所には触れてくれない。

もどかしさに膝《ひざ》を摺《す》り合わせるけれど、そんなことくらいで治まるわけもなく、余計に意識してしまうことになった。

「はっ、あ、んぅ……っ」

こういう場合、自分で触ってもいいものだろうか。

衝動《しょうどう》を堪《こら》えながら悩《なや》んでいると、心の内を読まれたかのようなタイミングでするりと股間《こかん》を撫でられた。裕也の形をなぞるように、そっと触れてくる竜司がもどかしい。

「んんっ……もっと、ちゃんと触って……」

「ちゃんとって？」

「だから、服の上からじゃなくて……」

恥ずかしさに語尾《ごび》が小さくなっていく。それでも、竜司は裕也の願いを聞き入れてくれた。

ベルトを外し、ホックを弾《はじ》く。そして、ことさらゆっくりとファスナーを下ろしていった。その振動《しんどう》にすら、感じてしまうから嫌になる。

「ん……っ」

自分から望んだくせに、恥ずかしさに目を瞑《つぶ》る。数秒後、おずおずと目蓋《まぶた》を持ち上げると、下着を押し下げられ、硬くなった自身が露《あら》わにされていた。

「少し濡《ぬ》れてるな」

「そ……っ、あ、んん……っ」

そんな恥ずかしい報告はしないでいいと云いたかったけれど、絡《から》みついた指に自身を擦られ、言葉が紡《つむ》げなかった。

「ぁン、あ、は……っ」

潤《うる》んだ先端《せんたん》を親指の腹でぬるぬると撫でられ、吐息《といき》が零《こぼ》れる。とくに敏感な場所をしつこく刺激され、どんどん切羽詰《せっぱつ》まってくる。

張り詰めた昂ぶりと左側の乳首を同時に弄《いじ》られているうちに、衝動が高まってきていた。

「も、だめ、いく、いっちゃう…から、離して……っ」

「いいよ、このまま出して」

「や、あ、だめ……っああ、あ——」

まだ竜司の手を汚《よご》すことには抵抗《ていこう》がある。けれど、巧《たく》みに導かれ、竜司の手の中に熱を爆ぜさせてしまった。

「はあ、はあ……」

すぐには呼吸が落ち着かず、竜司に背を預けた状態で肩を上下させる。

ざくざくと抜いたティッシュで後始末をし、乱れた衣服を整えようとしてくる竜司に戸惑《とまど》いを覚える。

「竜司さんはしないの？」

「俺はまた今度でいい」

「でも……」

抱かれた腰に当たる感触《かんしょく》は、竜司も裕也と同じように昂ぶっている証拠《しょうこ》だ。自分に欲情《よくじょう》してくれているのなら、ちゃんとそれを見せて欲しい。

「俺もしたい」

「初心者が無茶《むちゃ》云うな」

「下手《へた》かもしれないけど、教えてもらえばちゃんとできるよ。ね、どうすればいい……？」

竜司のような手際《てぎわ》は無理だろうけれど、それこそ、経験を重ねなければ上手《うま》くはならない。

体を捻《ひね》って見上げると、竜司は苦虫《にがむし》を噛《か》み潰《つぶ》したような顔になった。

「ったく、大人を煽《あお》りやがって。泣かされて文句云うのはお前のほうだぞ」

「……竜司さんにならも、泣かされてもいいよ」

「その言葉、絶対に忘れるなよ」

かき消えそうなほどか細い声で告げると、竜司は獣《けもの》と化した。

寝室《しんしつ》に場所を移す頃には、まともに言葉も紡げなくなっていた。ただひたすらに快感を与えられ、荒《あら》い呼吸と共に嬌声《きょうせい》を零すばかりだった。

「ン、ぅん……っ」

裕也の中を掻《か》き回していた指が、不意に抜《ぬ》け出ていく。

代わりに押し当てられたのは、凶暴《きょうぼう》に猛《たけ》る竜司の欲望《よくぼう》だった。硬い切っ先が解《ほぐ》された窄《つぼ》まりに押し当てられる。

「……あ……」

「息、止めるなよ」

「んっ、く、ぁ…あ……っ」

先端が入ってしまえば、あとは呆気《あっけ》なかった。裕也の体は何の抵抗もなく、屹立《きつりつ》を呑《の》み込んでいく。

結局、何だかんだと云《い》いくるめられ、裕也は何もさせてはもらえなかった。その代わり、竜司の好きなように体を弄り倒《たお》され、宣言どおりに泣かされた。

快感に鋭敏《えいびん》な体は感じすぎてしまうようで、どんなに堪えようとしても涙《なみだ》が溢《あふ》れ出てきてしまう。愛撫《あいぶ》だけでなく、言葉でも煽られ、されるがままになるしかなかった。

「ん…んー…っ」

体重を乗せられ、ゆっくりと体の中を押し開かれていく。内臓が押し上げられるような圧迫《あっぱく》感《かん》があるのに、痛みもなく異物を受け入れてしまうのは、弄り倒された体がすでに蕩《しろ》けきっているからだ。

「全部入ったのがわかるか?」

「……うん……」

裕也の体はいま、竜司と繋《つな》がり、一つになっている。

(すごい、熱い……)

視覚でもその大きさに圧倒《あっとう》されたのに、それがいま自分の中に入っていることが嘘《うそ》みたいだった。竜司の屹立はどくどくと激しく脈打ち、自己主張している。

「動くぞ」

「んっ…う、ン、あ……ッ」

大きく腰《こし》を揺《ゆ》すられる。密着した部分から伝わる振動はすぐに快感へと変わり、頭の天辺《てっぺん》から爪先《つまさき》まで広がっていく。

深く穿《うが》たれた体を揺すられるたび、上擦《うわず》った声が押し出される。甘く喘ぐ裕也に安心したのか、竜司はその動きを徐々《じょじょ》に激しくしていった。

「あ、あっあ、あ……っ」

律動はやがてアップテンポのリズムに変化し、それに合わせて裕也が零す声も蕩けたものになっていく。

「気持ちいい?」

「そんなこと……っ」

竜司は耳元で、いやらしく囁《ささや》く。これ以上ないほど恥《は》ずかしい行為《こうい》をしているはずなのに、その問いかけに裕也の体はさらに熱くなった。

「教えてくれないと、ちゃんとよくしてやれないだろ?」

どんなふうに感じているかなんて、竜司は訊《き》かなくてもわかっているはずだ。そうでなければ、こんなに的確に感じる場所ばかり責めてくるはずがない。

「……竜司さん、エロ親父《おやじ》みたいだよ……」

「好きな子抱《だ》いて、エロくならない男がいるか。裕也だって、感じてるくせに」

「だって、それは——っあ⁉」

「ここはいいみたいだな」

「ああっ、や、だめ、ぁあっ」

竜司はそう訊《たず》ねながら、内壁《ないへき》を抉《えぐ》るように腰を遣《つか》ってきた。

今日わかったのは、こういうときの竜司はいつもより意地悪になるということだ。初めての夜、まるで別人のように感じたけれど、あれも竜司の一部だったのだろう。

普段《ふだん》とは違《ちが》う顔に、裕也もドキドキしてしまう。

「これは？」

「やぁ…っ、あっ、いい、きもちい……っ」

穿つ角度を変えられ、また訊かれた。

大胆《だいたん》な抜き差しで擦られる内壁は、焼《や》け爛《ただ》れてしまいそうに熱い。突《つ》き入れられるたびに全身が甘く震《ふる》える。

狭《せま》い窄まりを解すためにたっぷりと使われたローションが律動に合わせてぐちゅぐちゅと卑《ひ》猥《わい》な音を立てる。

人工的な桃《もも》の香《かお》りがするから、初めてのときに使ったのと同じものだろう。

（そういえば、何であのときこれがあったんだろう？）

裕也の告白のことは、竜司には知られていなかったはずだ。もし知っていても、竜司がそんな準備をしておくとは思えない。

休みなく責め立てられるせいで考えがまとまらず、思考が霧《む》散《さん》していく。

「あ、あ、ぁあ……ッ」

「考えごとしてるなんて余裕《よゆう》だな」

「そういうわけじゃ――ああっ、あ、ん、んー…っ」

突き上げが激しさを増す。その荒々《あらあら》しさに、体がバラバラになってしまいそうだった。快感に啜《すす》り泣《な》く裕也を、竜司は容赦《ようしゃ》なく責め立てる。

このまま混ざり合って、本当に一つになってしまいそうだった。

「好きだよ、裕也」

「……っ」

こんなときに云うなんて卑怯《ひきょう》だ。耳元への囁きが、引き金となる。

「あ、あ、あ――――」

絶頂と同時に、侵入者《しんにゅう》を締《し》めつけてしまう。

びく、びく、と白濁《はくだく》を吐《は》き出している裕也に激しく腰を打ちつけ、やがて、竜司も終わりを迎《むか》えた。体の奥に欲望の証《あかし》を注ぎ込み、大きく息を吐く。

解放感と疲労《ひろう》に意識が遠退《とおの》いていく。悦楽《えつらく》の余韻《よいん》に身を任せ、微睡《まどろ》みに従おうとした瞬間《しゅんかん》、腕《うで》を摑《つか》んで引き起こされた。

「あ……ッ⁉︎」

強引《ごういん》に体の位置を入れ替《か》えられ、竜司の腰に跨《また》がるような体勢にさせられる。自分の重みで腰が落ち、繫がりはより深くなった。

「りゅ…じさん、ちょっ…休ませ…て……っ」

「若いのに何云ってるんだ。それにお前だって、こんなんじゃ、まだ終われないだろ？」

カチリと音がして枕元《まくらもと》のライトが灯《とも》り、二人の体が暗闇《くらやみ》の中で浮《う》かび上がった。汗《あせ》ばんだ竜司の肉体に見蕩《みと》れたのも束《つか》の間、自分のあられもない姿を思い出す。

竜司の視線に導かれて見下ろした自分の体には、赤い印があちこちに残されていた。ついさっき吐き出したばかりの体液もそのままだ。

「やだ、消して……っ」

「どうして」

灯りの眩《まぶ》しさに手を翳《かざ》した裕也の胸元《むなもと》を、竜司の手が探《さぐ》る。噴《ふ》き出した汗と体液のせいで、ぬるぬるとした感触《かんしょく》がする。

「だって、恥ずかしい……っん、んんっ」

乳首《ちくび》を捕《と》らえようとしてくる指から逃《のが》れたくて身を捩《よじ》るけれど、無駄《むだ》だった。その指の動きは、濃淡《のうたん》の強い陰影《いんえい》のせいで余計にいやらしく見える。

視線を逸《そ》らそうとしたけれど、それよりも前に反り返ったままの自身に竜司の指が絡《から》みつき、目が離《はな》せなくなった。

「恥ずかしいほうが感じるだろ?」

「や、あ、だめ、そんなにしたら、またすぐいっちゃ……っ」

体液で濡《ぬ》れそぼったそれを指先で弄られ、悲鳴じみた声を上げる。またすぐに張り詰《つ》め、じわっと先端《せんたん》が潤《うる》んだ。

「まだして欲しそうみたいだけど?」

「あっ……!」

緩《ゆる》く体を揺すられ、尾てい骨《びこつ》から甘い痺《しび》れが這《は》い上がる。

激しく穿たれ、掻《か》き回されたそこは腫《は》れぼったくなっている気がする。蕩けた粘膜《ねんまく》は凶器《きょうき》のように猛《たけ》った屹立《きつりつ》に絡みつき、物欲しげにひくついていた。

「自分で動いてみるか？」

「そんな、できるわけ……」

「やってみる前から無理だって云《い》うなって、昔教えただろう？」

「や……っ」

太腿《ふともも》から腰を撫《な》で上げられ、ぞくぞくと背筋がおののいた。ほら、と唆《そそのか》され、羞恥《しゅうち》を堪《こら》えて腰を浮かす。力の入らない体を叱咤《しった》し、ゆっくりと動かし始めた。

「んっ、んん……っ」

自分の体だから、どうすれば気持ちいいかはわかる。けれど、考えたとおりに動けるかどうかは別だ。疲弊《ひへい》しているせいもあり、思うようにはいかなかった。

「あ、ぁん……っ、上手《うま》く、できな……っ」

自分なりに体を揺するけれど、もどかしさが募《つの》っていくばかりだった。

「大丈夫《だいじょうぶ》、ちゃんとできてる。自分のいいように動けばいい」

「あっ、は……おねが……竜司さんが、して……っ」

「仕方ないな」

「ぁあっ、あっ、ん」

しゃくり上げながらねだると、竜司は願いを叶《かな》えてくれた。

腰《こし》を摑まれ、下から大きく突き上げられた。何度もそれを繰り返《かえ》され、ベッドのスプリングに体が弾《はず》む。最奥を突き上げられるたび、自身からは半透明《はんとうめい》の体液が溢《あふ》れ出す。

ベッドに組み敷《し》かれて犯《おか》されていたときとは、抉られる場所が違う。裕也は、新たな刺激《しげき》で生まれる快感にも溺《おぼ》れていった。

「いく、も、出ちゃ、あっ、あっあ、あぁあ……ッ」

喘《あえ》いでいるのか泣いているのか、自分でもわからなくなっている。やがて、もう何度目かしれない絶頂を迎えたけれど、夜明けはまだ遠かった。

8

「――……や、裕也」

「……う……？」

「もうすぐ着くから目ぇ覚ましとけ」

「え、あ、俺、寝《ね》てた？」

気がつくと、車のシートが倒《たお》され、体には竜司のコートがかけてあった。

「ぐっすりな」

「ご、ごめん、起きてるつもりだったんだけど」

「疲《つか》れてるんだろ。あんまり寝てないしな」

「う、うん、そうだね」

かあっと顔が熱くなったのは、夜更《よふ》かしの理由を思い出したからだ。

少し遠出をしようということになり、日曜の朝早く出発するために準備をして竜司の家に泊《と》まったのだが、結局空が白み始めるまで眠《ねむ》りにつくことはなかった。

日中はテンションが高かったこともあり、眠気《ねむけ》を感じなかったけれど、帰途《きと》に着いた途端《とたん》に気が抜《ぬ》けてしまったらしい。高速道路に入ったところまでは覚えているのに、気がついたら地元の景色に変わっていた。

「すまん、ちょっと無理させすぎたな」

「そんなことないよ！　したいって云ったのは俺のほうだし……」

「デートのことを云ったんだが……まあ、確かにベッドでもイジメすぎたかもな」

「……っ、や、あの、デートも楽しかったし！　全然大丈夫だから！」

いっぱいすれば慣れるはず――そんなふうに思っていたけれど、いまのところは逆効果になっている。

すればするほど、感じやすくなっていっている気がする。竜司に触《ふ》れられると、すぐにスイッチが入ってしまうのだ。そして、一旦《いったん》火のついた体は簡単に暴走が治まらない。もっと、と何度もねだってしまった。

「そうだ。前々から云っておこうと思ってたんだが……真聖に相談するのはもうやめろ」

「え？」

「お前に弁当作れって云ったり、迎えに行けって吹《ふ》き込んだのはあいつだろ？」

「何でわかったの!?」

「あいつの考えそうなことはすぐわかる。悩《なや》むことがあるなら、まず俺に云え」

「うん、わかった。でも、何で？」

「俺が嫉妬《しっと》するからだ」

「……っ、そ、そうなんだ……」

真面目《まじめ》な顔で云われ、こっちが恥《は》ずかしくなってしまう。いたたまれない空気を振《ふ》り払《はら》おうと、わざとらしく話題を変えた。

「今日は寄ってってよ。母さんが竜司さんに会いたいってうるさいんだ」

「……そうだな。ちょっとだけ顔を出すか」

忙《いそが》しいはずの真聖が家にいた。このところ、土日はしょっちゅう顔を出している。一時期は面倒《めんどう》がって近づきもしなかったのに、どういう心境の変化だろうか。

「兄ちゃん、今日はどうしたの？」

「別に。お前の顔が見たかっただけ」

「先週も会ったじゃん。母さんは？」

「今日はお菓子《かし》教室」

「あ、そっか。竜司さん、ごめん。母さん帰ってくるまで待っててもらえる？　いま、お茶淹れてくるから。コーヒーのほうがいい？」

「あ、俺のぶんも頼《たの》む。コーヒーがいい」

「わかってるって」

キッチンでお湯を沸《わ》かしていると、二人の会話が途切《とぎ》れ途切れに聞こえてきた。

「丸く収まったみたいでよかったな。腹括《くく》るのが遅《おそ》いんだよ」

「……うるさい」

「そういや、俺の差し入れ、役に立っただろ？」

「ノーコメントだ」

二人が何の話をしているかわからず、首を傾《かし》げる。

「何だ、使わなかったのか？　わざわざ裕也の好きな桃《もも》の香《かお》りにしておいてやったのに」

（――桃？）

最近、その香りをどこかで嗅《か》いだような気がするのだが、すぐには思い出せなかった。

「ねえ、何の話してるの？」

淹れ立てのコーヒーを運びながら問いかけると、竜司は苦虫《にがむし》を噛《か》み潰《つぶ》したような顔になった。

「何でもない。それと真聖は、これ以上余計なことを云うな」

「つれないな、俺のお蔭《かげ》で上手く行ったようなもんだろうに」

真聖の言葉に、竜司は眉間《みけん》の皺《しわ》を深くした。

「真聖」

「はいはい、もう黙《だま》ります」

そう云いながらも、ニヤニヤとした顔で竜司を見ている。

「そうだ。裕也、今日のデートは楽しかったか？」

「うん、すっごく！」

何も考えずに頷《うなず》くと、竜司は気まずげに視線を逸《そ》らし、真聖は弾《はじ》かれたように笑い出したのだった。

35歳の葛藤。

1

バーの重厚《じゅうこう》な扉を押し、薄暗《うすぐら》い店内に足を踏《ふ》み入れる。漆喰《しっくい》の壁《かべ》を照らす間接照明の灯《あか》りは柔《やわ》らかく、カウンターの中では壮年《そうねん》のバーテンダーがグラスを磨《みが》いていた。

「いらっしゃいませ。お一人様ですか？」

「いや、待ち合わせで……」

コートを脱《ぬ》ぎながら、薄暗い店内を見回す。ほどよい音量で流れるゆったりとした音楽が心地《ここち》いい。

（いい店だな）

自分を呼び出した相手が真聖《まさと》でなければ、素直《すなお》にこの雰囲気《ふんいき》を楽しめたかもしれないが、今日はどうしても緊張《きんちょう》が拭《ぬぐ》えなかった。

「上着をお預かりします」

「ああ、お願いします」

カウンターの奥の席に待ち合わせの相手を見つけた竜司《りゅうじ》は、コートをバーテンダーに預けたあと、彼にゆっくりと歩み寄った。

「真聖」

一人で薄《うす》い文庫本を読んでいた真聖に声をかけると、その端整《たんせい》な顔を振《ふ》り向かせた。アーモンド型の目を縁取《ふちど》る睫毛《まつげ》は長く、アルコールで微《かす》かに濡《ぬ》れている唇《くちびる》の形は完璧《かんぺき》だ。

「さすが、時間ぴったりだな」

「お前からの呼び出しに遅《おく》れられるわけがないだろう」

真聖は物心ついた頃《ころ》からの幼なじみであり、親友でもある。そんな相手にいまさら緊張してしまうのは、彼がつき合い始めたばかりの恋人《こいびと》の『兄』でもあるからだ。

「殊勝《しゅしょう》な心がけ、褒《ほ》めておいてやるよ」

真聖は薄く笑いながら、琥珀色《こはくいろ》の液体が入ったグラスを傾《かたむ》ける。暖色系の灯りに浮《う》かぶその姿は、どの仕草をとっても一枚の絵のように様になる。

美形というのは、真聖のような顔立ちのことを云《い》うのだろう。見飽《みあ》きるほど見てきた顔だが、何度見ても感心してしまう。幼い頃の真聖は裕也《ひろや》に負《ま》けず劣《おと》らず、天使のような姿をしていた。

（いつまで経《た》っても老《ふ》けないな、こいつも……）

同い年だから、真聖も今年で三十五歳のはずだ。しかし、歳を重ねれば重ねるほど、年齢不詳《ねんれいふしょう》になっていっている。目元や唇の形などは裕也と似ているけれど、全体的な雰囲気は違《ちが》う。

二人の顔を見比べると、人の顔はバランス次第《しだい》で印象が変わるということがよくわかる。

もう一つ、兄弟で大きく違うのは、それぞれの性格だ。素直で人を疑うことのない裕也に対し、真聖ははっきり云って『腹黒い』。

自分の身内や害を為《な》さない人間には優《やさ》しいけれど、一度敵と見なすと容赦《ようしゃ》がない。その外見に惑《まど》わされて、誰《だれ》もがその本性《ほんしょう》に気づかない。弟である裕也ですら、少し意地は悪いけれど、優しくて完璧な兄だと思っている。

大事にするあまり手を出せずにいた間、裕也は不安に苛《さいな》まれていたらしい。そんな気持ちもあってか、自分が真聖を好きなのではと云い出したのだ。

（そのせいでとんでもない誤解をされたけどな……）

学生の頃も女子の誘《さそ》いを端《はし》から断っていたら、そんな噂《うわさ》を立てられたことがあったけれど、裕也もそう思っていると知ったときは本当にダメージが大きかった。

「すみません、こいつにも同じものを」

「おい、勝手に頼《たの》むな」

真聖とは基本的に好みが似ている。服の趣味《しゅみ》や味覚、愛読している作家や映画など、八割方被《かぶ》っている。オーダー内容に不満はないが、ただ、こちらに窺《うかが》う素振《そぶ》りもないのが癪《しゃく》に障《さわ》る。

「人の奢《おご》りに文句をつけるなよ」

「奢り？」

「二十年来の片想《かたおも》いの成就《じょうじゅ》を祝ってやろうっていうんだから喜べ」

「ちょっと待て。二十年は云いすぎだ」

裕也のことは生まれたときから可愛《かわい》がっていたけれど、その頃から特別な感情を抱《いだ》いていたわけではない。――多分、そのはずだ。

「そんなの、自覚がなかっただけだろ。お前の溺愛《できあい》ぶりは洒落《しゃれ》になってなかったからな。過剰《かじょう》というより異常って云ったほうが正しいな」

「人聞きの悪いことを云うな……」

あまり強く反論できないのは、自分自身のことが疑わしいせいだ。

もしかしたら、真聖の云うように、幼い裕也に惹《ひ》かれていたかもしれない。そうだったとしたら、自分は本格的に犯罪者だ。いまさら、そんな昔のことを思い悩《なや》んでも仕方ないけれど、罪悪感は拭いきれない。

「別に責めてるわけじゃない。むしろ、とっとと手ぇ出しときゃよかったんだ。何年も逃《に》げ回りやがって」

「バカなこと云うな。そんなことできるわけないだろう」

真剣《しんけん》に愛しているからこそ、ずっと大切にしてきた。あの日だって、裕也からキスされていなければ、未《いま》だに手を出していなかったかもしれない。

正直、信念が揺《ゆ》らぎそうになったことは何度もある。そのたびに何とか踏み止まってきたのだ。むしろ、これまで保ってきた理性を褒めてもらいたい。

「このヘタレ」

竜司の前に置かれたグラスに自分のグラスをカチリとぶつけながら、真聖は悪態を吐《つ》いた。

「ヘタレで悪いか。泣かせるよりずっといいだろう」

自分が臆病《おくびょう》だったことは否定しない。実際、真摯《しんし》に気持ちを向けてくる裕也に、真正面から向き合うことを避《さ》け続けていた。何よりも裕也を傷つけることが怖《こわ》かったのだ。

裕也と過ごす日々は夢のように幸せだけれど、いまはそれが終わるのが怖い。全身全霊《ぜんれい》で大事にはしているけれど、そんな自分が重すぎるのではないかという不安もある。

人を好きになるということは、本当に難しい。

「ふざけんな、あいつがどれだけ胸を痛めてたと思ってるんだ」

「それは――」

裕也の胸の内を思えば、罪悪感もある。けれど、思春期の衝動《しょうどう》的な感情につけ入ることだけはしたくなかった。

「相手がお前じゃなかったら、とっくにこの世から抹殺《まっさつ》してる」

「…………」

傍《はた》から見れば、過激な冗談《じょうだん》にしか聞こえないだろうけれど、真聖の場合、どこまで本気かわからない。法を犯《おか》すようなことはしないまでも、社会的に大手を振って歩けない程度には制裁を加えそうだ。

「それに弟に親友への恋愛《れんあい》相談をされてた身にもなってみろ。俺の複雑な胸の内なんて、お前にはわからないだろ」

「……すまん」

そのことに関しては、心から申し訳ないと思っている。裕也が二十歳《はたち》になるまで暴走せずにすんだのは、真聖がやんわりと止めていてくれたからだ。

もちろん、自分以外に目を向けるように、真聖からアドバイスしてもらったこともある。だが、裕也は気持ちを曲げることはなかった。

真聖には、感謝もしている。迷惑《めいわく》なときもあったけれど、真聖が引っ掻《か》き回してくれたお蔭《かげ》で裕也と上手《うま》くいったようなものだ。

裕也が大学の飲み会に誘われたときも、真聖から知らされなければ駆《か》けつけることはできなかった。差し入れと称《しょう》して、裕也の手を通してローションを渡《わた》されたときは頭が痛くなったが、結果的に使ってしまった以上、竜司に文句を云う権利はない。

「もう逃げるんじゃねーぞ」

「わかってる」

絶対に自分から投げ出すようなことはしないし、二度と逃げるつもりはない。

「まあ、下手《へた》な女に摑《つか》まるくらいなら、お前のほうが幸せにしてくれるだろ。つーか、幸せにしろよ、絶対に」

「……真聖」

冗談めかした声音《こわね》だったけれど、これは真聖の心からの願いだろう。歳の離《はな》れた弟などれだけ大事にしてきたか、一緒《いっしょ》に育ってきた竜司が一番よく知っている。

「浮気《うわき》はするなよ」

「裕也を裏切るような真似《まね》、俺にできるわけがないだろう」

竜司は真顔で反論した。そんなものができるなら、とっくに結婚《けっこん》して、家庭を持っているだろう。生まれてこの方、竜司が心惹《こころひ》かれたのは裕也ただ一人だ。

十五も年下の男の子に惹かれるなんて、どうかしている。自分でもそう思い悩み、違う人間に目を向けようと努力したこともあるけれど、他《ほか》の誰に対しても心が動くことはなかった。

どこが好きなのかと問われても困る。裕也の全《すべ》てに惹かれているからだ。性格も好ましいし、容姿も魅力《みりょく》の一つだ。卵と鶏《にわとり》の問題と同じで、裕也を形作る要素に惹かれたから好きになったのか、好きになったからそれらを好ましく思うのかはわからない。

「そうだよな、何て云ったって二十年だもんな」

「だから、それは云いすぎだって云ってるだろ」

竜司が苦虫《にがむし》を嚙《か》み潰《つぶ》したような顔をすると、真聖は溜飲《りゅういん》を下げたとばかりに笑った。

「そういや、最近は家にあんまり寄ってないんだって？」

「ああ、まあな……」

あまり気乗りのしない話題を振《ふ》られ、竜司はさらに表情を曇《くも》らせる。家族とは何の確執《かくしつ》もないのに足が遠退《とおの》いてしまうのは、親の期待に応《こた》えられない自分が苦しいからだ。

「おばさんの小言ってあれだろ？　そろそろ結婚しろって云《い》われてるんじゃないのか？」

「どうして知ってるんだ」

真聖の言葉にぎょっとする。小言の内容は裕也にも云っていないのに、何故《なぜ》知っているのだろうか。

「知ってたわけじゃない。似たような立場だから、想像がついただけだ」

「お前も云われてるのか？」

「ウチは直接は云ってこないけど、そういう空気ってあるだろ。友達のところは孫がいくつだとかいう話をされると申し訳なくなるよな」

「まあな。けど、しようと思えば、お前はできるだろ。あの子と結婚すりゃよかったのに」

真聖には数年前まで長くつき合っている相手がいた。

年下だったけれど、とてもしっかりした女性だった。いつか結婚するのだろうと思っていたのだが、ある日、別れたと告げられ、心底驚《おどろ》いたものだ。

「仕方ないだろ、振られたんだから」

「さっさとプロポーズしないからだ」

「したら振られたんだよ」

「プロポーズしてたのか⁉」

「それで決心がついたんだと。いま頃《ごろ》は、ドイツでバリバリ研究に精出してるんじゃないか？

俺には一緒に行く度胸はなかったし。そう考えたら、俺はお前に偉《えら》そうなこと云えないよな」

「…………」

「辛気《しんき》くさい顔すんな。あいつのことはもう吹《ふ》っ切ってるよ。今日はお前をイジメようと思って呼んだんだから、俺の話はいいんだよ」

「真聖」

「いいから、飲め。義理のお兄様の酒を断れると思うなよ」

後悔《こうかい》など微塵《みじん》も感じさせない笑顔《えがお》で、真聖は自らのグラスを掲《かか》げる。今日は覚悟《かくご》を決めるしかないようだ。

「わかったよ。いただきます」

「死ぬまで大事にしろよ」

「約束する」

今度は、竜司からグラスを合わせた。氷が溶《と》け始めていたけれど、いい酒だった。

2

タクシーを降り、ようやくほっと一息吐くことができた。運転の荒《あら》い車に当たってしまったせいで、久しぶりに車酔《くるまよ》いをしてしまった。

「くそ、あの野郎《やろう》、本気で飲ませやがって」

いい酒ばかりだったけれど、さすがに今日は飲みすぎた。この調子だと、明日《あした》は二日酔《よ》いで苦しむことになるだろう。
一、二杯《はい》程度なら心地《ここち》よいほろ酔いですむのだが、一定量を超《こ》えると翌日の体調に覿面《てきめん》に現れる。酩酊《めいてい》して意識が飛んだり、顔が赤くなったりしないせいで同僚《どうりょう》などからは酒に強いと思われがちだが、酒席では飲酒量をコントロールしているにすぎない。
（まあ、このくらいで許してもらえたなら安いほうか）

大事な弟に手を出してしまったことを許してもらえたのだから、このくらいの嫌《いや》がらせは甘んじて受けるべきだ。

酒臭《くさ》さを緩和《かんわ》しようと、自動販売機《じどうはんばいき》で買ったミネラルウォーターを一気飲みしてから、マンションの自室のある階へと上がっていった。

「ただいま」

後ろ手で鍵《かぎ》をかけていると、奥から裕也が飛んできた。

「おかえりなさい！」

駆け寄ってくる姿がまるで小型犬のようで、思わず笑ってしまいそうになる。ぐっと堪《こら》え、礼を云う。

「留守番、ありがとな。宅配は届いたか？」

「うん、ちゃんと受け取って冷凍庫《れいとう》に入れといたよ」

地方に転勤になった同僚が名産品を送ってくれたのだが、このマンションに設置されている宅配ボックスは生ものの預かりは禁止になっているため、裕也に受け取りを頼《たの》んだのだ。

「外寒かったんじゃない？　何か飲む？　いま、コーヒー淹れてたんだけど」

「じゃあ、頼む」

酒自体は美味《うま》いと思うのだが、酔うという行為《こうい》に意義を見出《みいだ》せないため、家ではほとんど飲むことはない。その代わり、コーヒーには拘《こだわ》っている。むしろ、カフェイン中毒なのかもしれない。

裕也はこちらが気を遣《つか》うくらい、あれこれと世話を焼いてくれる。雨の日に迎《むか》えに来てくれたのも嬉《うれ》しかったし、届けられた手作り弁当は保存してとっておきたいくらい感動した。

本人は余計なことだっただろうかと気にしていたけれど、裕也のどんな行動も迷惑に思ったことはない。

あのとき、会社に来ないように云ったのは、誰《だれ》に目をつけられるかわからなかったからだ。あんな人通りの多いところに晒《さら》しておくなんて、裕也の身にどんな危険が及《およ》ぶかわからない。

懸念《けねん》は一部的中してしまった。竜司を目の敵にしている同僚に裕也のことを知られ、襲《おそ》われそうになったのだ。あの男が裕也の上にのしかかっているのを見たときは、本気で殺してやろうかと思った。

しかし、自らの手を汚《よご》して犯罪者になるわけにはいかない。そんなことになったら、裕也の傍《そば》にいられなくなってしまう。そう自分に云い聞かせ、あの場はぐっと堪えた。

その代わりと云っては何だが、後日、彼が借金をしていたグレーゾーンの金融機関《きんゆうきかん》に一報を入れておいた。そのせいか、いまでは会社にも来なくなった。きっとどこかに身を隠《かく》しているのだろう。

「……何か甘い匂《にお》いがする」

コートを手渡《てわた》した瞬間《しゅんかん》、裕也がぽつりと呟《つぶや》いた。

「え？　そうか？」

自覚がなかったけれど、云われてみれば、香水《こうすい》の香《かお》りがするような気がする。フレグランスを使う趣味《しゅみ》はないし、とくに匂いがするようなものは整髪《せいはつ》料くらいのものだ。

（もしかして、あのときか……）

香りが移った原因には心当たりがあった。

バーを出てからタクシー乗り場までの道の途中《とちゅう》、客引きをしていた女性がかなり強い香りを纏《まと》っていた。しつこく追いかけられ、最後には抱《だ》きつくように腕《うで》に縋《すが》られた。

「多分、抱きつかれたときについたんだろうな」

「え？　兄ちゃんと会ってきたんじゃないの……？」

裕也の顔から、血の気が引いていった。その表情で自分の発言が誤解を生んだことに気づき、竜司は慌《あわ》てて云い訳をする。

「いや、違《ちが》う！　俺は何もしてない！　真聖と駅に向かう途中で客引きに絡《から》まれたんだ。嘘《うそ》じゃない。もちろん、そんな店にも行ってないからな」

云い訳にしか聞こえないかもしれないけれど、誤解されたままでは落ち着かないし、裕也にも嫌な思いはさせたくない。

「何だ、そっか。竜司さん、モテるもんね」

「ああいうのは、仕事でやってるんだろ。別に俺がどうこうってわけじゃない」

「でも、俺は声かけられたことないよ？」

「お前はまだ若いからだ。学生引っ張ったって、金にはならないだろ。俺なんかより、真聖のほうが鈴《すず》なりで凄《すご》かったぞ」

染《し》みついた外面のよさのせいで、真聖はああいうプロの女性をあしらうときも愛想《あいそ》がいい。そして、その上っ面《つら》に騙《だま》されてしまう人間がほとんどだ。

「二人でいると凄いことになるもんね。そういえばちっちゃい頃《ころ》はバレンタインが楽しみだったな」

「そうそう、懐《なつ》かしいよな」

裕也が表情を緩《ゆる》ませてくれて、ほっとした。竜司の云《い》い分を信じてくれたようだ。

基本的に無邪気《むじゃき》で素直《すなお》な裕也だが、自分との関係においては自信がないようで、ふとしたきっかけで落ち込んだりする。

「そういえば、兄ちゃんの話って何だったの？」

「え？」

「竜司さんに話があるから、今日一緒《いっしょ》に飲んでくるって云ってたよ。何か相談ごと？　あ、俺は聞いちゃまずいかな」

「あ、いや、別に大したことじゃなかった。仕事の愚痴《ぐち》が云いたかったみたいだな」

裕也のことで釘《くぎ》を刺《さ》されたとも云いがたく、思わず口を濁《にご》してしまった。

「そうだったんだ。兄ちゃん、俺にはそういうこと云ってくれないからな……。竜司さん、これからも兄ちゃんのことよろしくね」

「あ、ああ、もちろん」

まさか、弟からも兄のことを頼まれるとは思いもしなかった。

（今日は妙《みょう》な日だな）

真聖の話をしていて、思い出した。

「そういや、あいつからお前に預かってきたものがあるんだ」

「兄ちゃんから？」

「お前に頼まれてたものだって云ってた——」

カバンを開けて、物を取り出そうとした弾《はず》みに、違うものが落ちた。裕也が拾い上げたのは、いかにも手作りといったお菓子《かし》の詰《つ》め合わせだった。

「部下からもらったんだ。部署の全員に配ってくれて」

「……カードみたいなのが入ってるけど」

「へ？」

云われて、裕也の手元を覗《のぞ》き込む。セロファンの包みの中に、部下からのメッセージが書かれたカードが入っていた。

『先日はご飯ごちそうさまでした。また連れていって下さいね』

ハートマークをちりばめられた文章は、誤解されてもおかしくない書き方だった。しかも、名前の下には個人の携帯電話《けいたいでんわ》のものと思われるメールアドレスが記されている。

(しまった、油断した)

個人的な贈《おく》りものは受け取らないようにしているし、社内では周知のことだ。これは裕也に云ったように、皆《みな》へ配っていたから受け取ったのだ。もしかしたら、皆のぶんはフェイクだったのかもしれない。そうでなければ、こんなカードが入っているはずがない。

「そ、そうだ、お風呂《ふろ》沸《わ》いてるから入ってきたら？　体冷えたままだと風邪《かぜ》引いちゃうし。着《き》替《が》えなら、俺が準備しとくから」

「裕也、これは本当に何でもないからな！　他意があって受け取ったわけじゃないんだ」

「大丈夫《だいじょうぶ》だよ、わかってるって」

裕也は顔に笑《え》みを貼《は》りつかせているけれど、その下でぐるぐると不安な気持ちを抱いているだろうことは見ればわかる。

しかし、必死に説明すればするほど、怪《あや》しさが増してしまう。それだけ後ろめたいのかと誤解されるのも怖《こわ》くて、裕也のあとを追いかけられなかった。

（間が悪すぎる……）

あとで様子を見ながら、フォローを入れるしかないだろう。こちらが焦《あせ》った態度を取れば、それだけ裕也にも不安を与《あた》えてしまう。

「うわあっ」

寝室《しんしつ》のほうから、何かが落ちたような派手な音と裕也の悲鳴が聞こえてきた。

「裕也!?」

寝室に飛び込んだ竜司は、裕也が無事なことにほっとしたあと、クローゼットの上の棚《たな》の荷物が崩《くず》れているのを見て青くなった。

裕也はその場にしゃがみこみ、落ちてきたものを手に取り、しげしげと眺《なが》めている。周りに散らばっているのは、これまでに裕也からもらった手紙やプレゼントの数々だった。

「これ、俺があげたやつ……？」

「そうだ」

まともに字が書けなかった頃の手紙や、クレヨンで描《か》かれた似顔絵まである。それらは箱に詰め、棚の上にしまい込んでおいたものだ。もしかしたら、書いた本人も記憶《きおく》にないようなものもあるかもしれない。

「……とっくに捨ててると思ってた……」

「捨てられるわけないだろう、もったいない。お前がくれたものは全部宝物だ」

見つかってしまったことはバツが悪かったが、バレてしまった以上、ごまかしても仕方がない。開き直った発言に、裕也は小さく笑った。

「こんな下手《へた》な似顔絵、とっておいてもしょうがないじゃん」

「そうか？　けっこう上手《うま》く描けてると思うけどな」

「…………」

「裕也？」

ぽろりと涙《なみだ》を零《こぼ》した裕也に、ぎくりとする。何か、失言でもしてしまっただろうかと、頭を必死に巡《めぐ》らせ、自分の言葉を思い返す。

とりあえず、落ち着かせようとベッドに座らせると、裕也がぽつりと謝ってきた。

「……ごめん、竜司さん」

「何でお前が謝るんだ？」

「俺、自信なくて。竜司さんは何も悪くないのに、一人で拗《す》ねて落ち込んで、やっぱり俺じゃ物足りないからそういうお店に行ったのかなって考えたりして……」

「バカだな、行くわけないだろ、そんな店。そもそも、そういうところに入ったこともない」

「一度も？」

「ああ。行ったって、どうにもならないしな」

うっかり、口が滑《すべ》った。聞き流して欲しいところに、裕也が食いついてくる。

「どういうこと？」

「……お前じゃなきゃ、勃《た》たないってことだよ」

「……ッ」

腹を括《くく》って白状すると、裕也は真っ赤になった。

この歳まで経験がなかったわけではない。一応、中学生の裕也に告白される前までは彼女もいた。告白されては振《ふ》られるという繰《く》り返しだったが、相手にはいつも『他《ほか》に好きな子がいるんでしょ』と云われていた。

そういう意味で裕也に惹《ひ》かれていると気づいて初めて、彼女たちの云っていたことが理解できた。裕也を天然だと思っているけれど、自分も負《ま》けず劣《おと》らず鈍《にぶ》いのかもしれない。

「竜司さんは、俺としたくないわけじゃないってこと……？」

「当たり前だ」

「じゃあ、何であんまりしてくれないの？」

「俺のしたいようにしたら、お前の体が持たないだろう。あとは……余裕《よゆう》のあるところを見せたかったんだよ。好きな子に見栄《みえ》くらい張らせろ――おわっ」

カッコ悪い内面を吐露《とろ》したら、裕也が飛びついてきた。バランスを崩し、一緒にベッドに倒《たお》れ込んでしまう。

「本当にごめん！　もっと、竜司さんの気持ちを考えればよかった。俺、一人で勝手に不安になってたけど、それって竜司さんに対しても失礼なことだったよね」

反省の弁を口にする裕也の頭を撫《な》でてやりながら、自分の気持ちを口にした。

「わかるよ。俺だって、お前が友達と楽しそうにしてるだけで不安になる」

「竜司さんが？」

「やっぱり、歳が近い子のほうが話が合うだろうし、一緒にいて楽しいんじゃないかってな」

「俺は竜司さんと一緒にいるのが一番楽しいよ！　竜司さんの話は勉強になるし、俺の話もちゃんと聞いてくれるし」

裕也は竜司に跨《また》がったまま力説する。気遣《きづか》ってくれる気持ちは嬉《うれ》しかったが、このままでは困った事態になってしまう。

「悪いんだが、そろそろどいてもらえるか？　イケない気分になってくる」

「え？――あっ」

怪訝《けげん》な顔をしていた裕也だったが、やがて、竜司の体の変化に気づいたようだった。

「わかったなら、どきなさい」

基本的に、平日の夜は『しない』というルールを決めてある。一旦《いったん》、スイッチが入ってしまえば、自分が際限なく求めてしまうからだ。裕也の体力を考えたら、予定の入っている前日に無理はさせられない。

「……俺もしたくなっちゃった」

「何云《い》ってる。明日《あした》は一緒《いっしょ》に出かけるんだろ？　早寝《はやね》早起《はやお》きするんじゃなかったのか？」

「ちょっとだけ、ダメ？」

「……ちょっとだけ、だからな」

理性と本能を戦わせた結果、本能が勝ってしまった。

ちょっとですむとは思えないが、こんな可愛《かわい》い顔でねだられてダメだと云える男がいたらお目にかかりたいものだ。

暴走しそうになる自分を押し止め、そっと唇《くちびる》を重ね合わせる。キスだけで終わらせられればいいのだが。理性を保っておきたかったけれど、裕也が小さく喘《あえ》いだ瞬間《しゅんかん》、カッとなった。

「んぅ…っ、んん、んっ」

我に返ったときには、体勢を入れ替えて裕也をベッドに組み敷《し》いていた。捻じ込んだ舌で熱い口腔《こうこう》を掻《か》き回し、戸惑《とまど》う舌を搦《から》め捕《と》る。

「ふっ…ん、ン、んー…っ」

小さな唇を貪《むさぼ》りながら、シャツの裾《すそ》から手を差し入れて素肌《すはだ》を撫で回す。すべすべとした感《かん》触《しょく》が、次第《しだい》に汗《あせ》ばんでいく。

薄《うす》い体は頼《たよ》りなく、抱《だ》きしめると折れてしまいそうだ。この肉づきの悪い少年じみた体が、余計に罪悪感を煽《あお》るのだろう。それでもまさぐる手を止められないあたり、自分も相当質《たち》の悪い男だ。

「ん、ぁん、ん……っ」

口づけの角度を変えるたびに、裕也は蕩《とろ》けた吐息《といき》を零す。初めの内はされるがままだったけれど、いまは積極的に応《こた》えてくるようになった。息継《いきつ》ぎのタイミングも上手くなった。

触《ふ》れられることにも、だいぶ慣れてきているようで、飛び上がるような過剰《かじょう》な反応はしなくなった。だからと云って、感度が鈍くなったわけではない。そういった意味では、むしろ感じやすくなっている気がする。

「んん、ぅ、んっ……はっ……」

「上手くなってきたな」

「ほんと……？」

「ああ、本当だ」

褒《ほ》めてやると照れながらも、嬉しそうにはにかんだ。その表情で、また竜司の体温はぐんと上がる。獣《けもの》になりそうな自分を何とか押し止め、余裕を見せるために裕也の唇を軽く啄《ついば》む。

（もうちょっとくらい、いいよな……？）

ダメな自問をしつつ、首筋に唇を這《は》わせる。裕也は香水《こうすい》なんかよりも、ずっといい匂《にお》いがする。気持ちよさそうな喘ぎ声に唆《そその》かされ、だんだんと調子に乗ってきた。

「自分で服捲《まく》って」

「え？　こ、こう……？」

「もっと上まで」

小さな胸の尖《とが》りが露《あら》わになった。まだ触れていないのに、すでに硬《かた》くなっている。白い肌《はだ》も昂揚《こうよう》して薄いピンク色に染まっていた。

「可愛いな」

「な、何云って――あ……ッ」

硬くなった乳首《ちくび》を二つ同時に指で押し潰《つぶ》すと、裕也の体はびくんっと跳《は》ね、喉《のど》からは甘い声が上がった。喘ぐ唇を啄みながら、しつこくそこを捏《こ》ね回す。強弱をつけた刺激《しげき》に、裕也はもどかしげに身を捩《よじ》った。

「ぁん、や、そこ…ばっかり……っ」

「でも、好きだろう？」

「好き、だけど……っ、あっ…⁉」

腰《こし》を擦《こす》りつけると、昂ぶっていたお互《たが》いの欲望《よくぼう》が当たる。下着の中で嵩《かさ》を増したそれらは、布越《ご》しの刺激でさらに大きくなった。

裕也も自ら足を開き、竜司の動きに合わせてくる。若い体は欲望に従順で、適応が早い。恥《は》ずかしがりながらも大胆《だいたん》に求めてくる姿に、こちらのほうが先に参ってしまいそうだった。

「や、だめ、イっちゃう、や、ぁあ……っ」

自分の頭を掻き抱《いだ》き、泣き言めいた譫言《うわごと》を繰り返す。

「イキたいの間違《まちが》いじゃないのか？　腰が動いてるぞ」

「ちが、これは……っ、ぅん、あ、あ……っ」

腰を摑《つか》み、さっきよりも強く腰を擦り寄せる。腫《は》れぼったくなった乳首に吸いつき、舌で転がしながら密着した腰を揺《ゆ》すると、裕也は一際《ひときわ》高い声を上げた。

「あ、待っ、ああ……ッ」

もう一押しとばかりに歯を立てた瞬間、びく、びく、と下腹部から震《ふる》えが伝わってきた。裕也は眉《まゆ》を寄せ、歯を食《く》い縛《しば》っている。

「……っ」

大きく息を吐《は》いたあと、上気させていた頬《ほお》をさらに赤くしていったところを見ると、下着の中で達してしまったのだろう。濡《ぬ》れた感触が気持ち悪いのか、居心地《いごこち》の悪そうな顔をしている。

「……竜司さんの意地悪。待ってって云ったのに……」

「そうか？　聞こえなかったな」

白々しく惚《とぼ》けると、裕也は頬を膨《ふく》らませた。そんな顔すら、目の前の男を煽るだなんて、本人は露《つゆ》とも思っていないだろう。

「ねえ、竜司さん」

「ん？」

「俺で妄想《もうそう》してたってホント？」

「……ッ」

裕也の質問は、意地悪へのささやかな意趣返《いしゅがえ》しだろう。

（あの野郎《やろう》……）

質問の出所を思い浮《う》かべ、歯噛《はが》みした。そんなことを云うような人間は、一人しか知らない。さっきまでバーで同席していたあいつだ。

頭の中で好きな子にあれこれしてしまうのは、男として致《いた》し方《かた》のないことだ。聖人ではないのだから、本能を抑《おさ》えきれなくて当然だろう。

ただし、妄想の内容を漏《も》らしたことは一度もない。とくに真聖には知られまいと、頑《かたく》なに隠《かく》し通した。きっと、真聖は当てずっぽうで、てきとうなことを云ったのだろう。

真聖が口にしたのが出任せだったとしても、妄想していたことは事実だ。否定すれば嘘《うそ》を吐くことになってしまう。竜司は渋々《しぶしぶ》と認めた。

「……それなりにな」

「どんなこと考えてたの？」

「いま、してるようなことだ」

「それだけ？」

「云えるわけないだろう、そんなこと」

「どうして？」

「お前にできるわけがない」

「そんなの、やってみないとわかんないじゃん。俺だって、竜司さんのこと、もっと知りたい」

こんな可愛い顔でねだられてダメだと云える男はこの世のどこにも存在しないだろう。

「――あとで泣き言云うなよ」

これが竜司の精一杯《せいいっぱい》の虚勢《きょせい》だった。

「おい、無理はしなくていいからな」

往生際《おうじょうぎわ》が悪いのは、自覚している。生まれ持った性格だから、いまさらどうしようもない。

「わかってる」

「本当にする気なのか？　別にやめてもいいんだぞ」

「本気だってば。もう竜司さんは黙《だま》ってて」

ぴしゃりと云《い》われ、押し黙る。口数が多くなってしまうのは、裕也が自分のものに手を添《そ》えている光景だけで暴発してしまいそうだったからだ。

「……っ」

躊躇《ためら》いがちに顔を寄せ、舌を這わせてくる。生温かい感触が触れた瞬間《しゅんかん》、全身に電流が駆《か》け抜《ぬ》けた。その上、先端《せんたん》に吸いつかれ、目の前がチカチカとする。

「わ、おっきくなった」

「こら、遊ぶな」

「遊んでるわけじゃないってば。……嬉《うれ》しかっただけ」

濡れた下着が気持ち悪いからと、場所をバスルームに変えた。二人でシャワーを浴びたあと、竜司の妄想に従って、裕也は自分から膝《ひざ》を折った。

妄想の中身を教えろとしつこかったため、できそうもないことを云ってみたのだ。竜司の予

想では、『そんなのできるわけない』と泣きを入れるはずだった。

（まさか、本気にするとは……）

脳内で繰《く》り広げられていたことが、いま現実になっている。

「んん……っ」

裕也は屹立《きつりつ》を無理矢理《むりやり》頬張《ほおば》り、喉の奥のほうまで呑《の》み込んだ。一生懸命《いっしょうけんめい》、たどたどしく舌を絡《から》めている苦しそうな表情から目が離《はな》せなかった。

「本当に無理はするなよ」

「へーひらってば」

「咥《くわ》えながら喋《しゃべ》るな」

平気だと云いたいのだろうが、口の中に含《ふく》んだままのせいで言葉になっていない。微妙《びみょう》な振《しん》動《どう》に眉根《まゆね》を寄せる。実際、無理をしているのは自分のほうだ。

裕也は自分の真似《まね》をしているのか、頭を上下に動かそうとしているが上手《うま》くいっていない。むしろ、先端が上顎《うわあご》に擦《こす》れる刺激が堪《たま》らない。

（くそ……っ）

裕也の口淫《こういん》は気持ちいいけれど、欲しい刺激には物足りない。

抑えが利《き》かなくなり、裕也の頭を押さえつけて腰を打ちつけてしまった。

「んぅ、ん、んん、んー…っ」

弾《はじ》けそうなぎりぎりのところで引き抜いた。派手に散る白濁《はくだく》が、裕也の顔を汚《よご》す。何とも云いがたい背徳感に、背筋がぞくぞくとおののいた。

喉《のど》に引っかかったのか、裕也は苦しそうに噎《む》せている。慌《あわ》ててシャワーで汚れを洗い流してやり、背中を擦る。

「大丈夫《だいじょうぶ》か？」

「そんなに心配しなくても大丈夫だってば。ねえ、竜司さんは気持ちよかった…？」

「――――」

頬を赤らめながらとろんとした目で見上げてくる裕也の表情に、竜司の理性は微塵《みじん》も残ることなく霧散《むさん》した。

「……ごめんな」

疲《つか》れ果て、電池が切れるように眠《ねむ》った裕也の頬を指の背でそっと撫《な》でる。その感触《かんしょく》が気持ちいいのか、裕也は顔を擦りつけるように寄せてくる。

ちょっとだけと云いながら、結局、意識を失うまで抱いてしまった。自制の利《き》かない自分が嫌《いや》になる。泣いている顔も可愛《かわい》いと思ってしまうのだから、手に負えない。

「――――」

裕也がよく眠っているのを確認《かくにん》し、竜司はそっとクローゼットに歩み寄る。さっき雪崩《なだ》れてきたものを片づけながら、奥にしまった箱を確かめる。

そこには、長年のコレクションが収められていた。

後生大事にしてあるのは、裕也の写真やビデオなど成長の記録だ。家族でもない自分が保存しているのは変態じみた行為《こうい》だとわかっているけれど、どうしても処分はできなかった。

(これだけは見つからないようにしないと)

さらに奥へとしまい込み、クローゼットの戸を閉める。そうしてベッドのほうを振《ふ》り返ると、裕也が天使のような顔で規則正しい寝息《ねいき》を立てて眠っていた。

あとがき

はじめまして、こんにちは、藤崎都です。

寒い日が続いておりますが、いかがお過ごしですか？　私はあまりの寒さにすっかり出不精《でぶしょう》になってます。朝は布団《ふとん》の中からすら、なかなか出られません。意志の問題だとわかってはいるのですが……。犬も寒がりなので、毎日の散歩でもすぐに引き返してくる始末。

もっと健康的な生活を送らないとと思いつつ、結局、暖かい部屋に引き籠《こ》もってしまってます。この調子だと、重い腰《こし》を上げるよりも春が来るほうが早そうな気がします（苦笑）。


さて、この度《たび》は『年の差15歳。』をお手に取って下さいまして、ありがとうございました！

今回は大人として自重しようとしている攻を、積極的な受が体当たりで翻弄《ほんろう》するという、年の差モノとしては鉄板なお話です。受の子供じみたアプローチに内心で狼狽《うろた》えつつ、表向き、どうにか涼《すず》しい顔をしている攻が好きです。

子供の頃《ころ》に考えていた大人像と、実際に大人になってからの自分にはギャップがありますよね。思っていたほど精神的な成長をしていないことにがっかりしたり。でも、年の差を埋《う》めようと背伸《せの》びをする年下と大人として見栄《みえ》を張ろうとする年上の葛藤《かっとう》が錯綜《さくそう》するのが萌《も》える要素なんだろうなと思います。

攻視点での短編では、メッキが剝《は》がれてカッコ悪いことになってますが、そのギャップも含《ふく》めて楽しんでいただければ幸いです。

余談ですが、担当さんとの打ち合わせのとき、妙《みょう》に話が嚙《か》み合わないなーと思っていたら、それぞれ想定していた受攻が逆でした（笑）。でも、十五歳以上年上の受も萌えますよね！ いつか逆パターンも書いてみたいなと思ってます。

挿絵《さしえ》は陸裕千景子先生に描《か》いていただきました！ いつも素敵《すてき》なイラストをありがとうございます!! 裕也が本当に可愛《かわい》くて、竜司の理性は大変だろうなあと自分のキャラながら同情したくなりました。表紙もすごく素敵で、裕也の描いた似顔絵も可愛くてたまりません♡ 本当にありがとうございました！

そして、担当様には今回も大変お世話になりました。体調が悪いときは、ちゃんと休んで下さいね！

最後になりましたが、この本をお手に取って下さいました皆様《みなさま》、感想のお手紙を下さった皆様に心から感謝しています。これからもがんばりますので、どうぞよろしくお願いします！

最後までおつき合い下さいまして、ありがとうございました！

またいつか貴方《あなた》にお会いすることができますように♡

二〇一三年新春

藤崎　都

年《とし》の差《さ》15歳《さい》。
藤崎《ふじさき》 都《みやこ》

角川ルビー文庫 R78-57　　17848

平成25年3月1日　初版発行

発行者——井上伸一郎
発行所——株式会社角川書店
東京都千代田区富士見2-13-3
電話/編集(03)3238-8697
〒102-8078
発売元——株式会社角川グループパブリッシング
東京都千代田区富士見2-13-3
電話/営業(03)3238-8521
〒102-8177
http://www.kadokawa.co.jp
印刷所——旭印刷　製本所——BBC
装幀者——鈴木洋介

落丁・乱丁本は、送料小社負担にて、お取り替えいたします。角川グループ読者係までご連絡ください。(古書店で購入したものについては、お取り替えできません)
電話 049-259-1100 (9:00~17:00/土日、祝日、年末年始を除く)
〒354-0041　埼玉県入間郡三芳町藤久保550-1

ISBN978-4-04-100722-8　C0193　定価はカバーに明記してあります。

俺のそばから
離れるな！
「お前は発情中の猫か！」
弁護士×トラブル体質のラブ・バトル！
鉄平はトラブル体質で顔だけは綺麗な元ホスト。
ある日、騙されて裏ビデオを撮られそうになったところを
以前隣に住んでいた初恋の人・忍成に助けられるが…？
藤崎都
イラスト 陸裕千景子

お前が好きで
何が悪い!
「あのときの顔、すげー可愛くて
見上げられただけでイキそうになってヤバかった」
「忘れろ!いますぐ
記憶から消去しろ!」
藤崎都
イラスト 陸裕千景子
腹黒遊び人×堅物童貞が贈るラブ・バトル!
性格も外見も真逆、大学時代は犬猿の仲と言われたくらい気にくわなくて
大嫌いな逢坂と会社の合併で同じ部署に配属されることになった沖谷。
ある夜、訪れたゲイバーで逢坂と遭遇してしまい…?